Langenscheidt

Forbidden Love? –
Liebe verboten?

von Dirk Walbrecker

Langenscheidt

Berlin · München · Wien · Zürich · New York

Lektorat: Marion Schweizer
Englischsprachiges Lektorat: Stephen Roche
Coverzeichnung: Kirill Chudinskiy

www.langenscheidt.de

Umwelthinweis: gedruckt auf chlorfrei gebleichtem Papier

Satz: Franzis print & media GmbH, München
Druck: Mercedes-Druck GmbH, Berlin
Printed in Germany

ISBN: 978-3-468-20486-9

1. 2. 3. 4. 5. * 12 11 10 09 08

10. September – Kuschelig im Bett

Was für ein Tag!
Du liebes, neues Tagebuch, ich vertraue dir an: Heute ist ein ganz besonderer Tag für Hannah Bloom. Endlich ist sie in der achten Klasse!
Ich bin zwar immer noch vierzehn. Trotzdem fühl ich mich so, als hätte ich heute Geburtstag, als wäre ich neugeboren.
Alles ist plötzlich anders. Wenn ich hier so in meinem Zimmer rumgucke, stimmt alles Mögliche nicht mehr: Die albernen Boy-Group-Poster müssen runter. Die Kuscheltiere da drüben auf der Ablage gehören längst auf den Speicher – jedenfalls die meisten. Von den Kinderbüchern müssen auch fast alle weg! Erst recht die Kassetten und die CDs! Und das Chaos auf dem Schreibtisch hat jetzt auch ein Ende … haha, das wird Mum als Erstes sehen und auftrumpfen! Dafür darf sie mir auch sofort neue Bettwäsche kaufen – ohne so Kleinmädchen-Design.
Was ist eigentlich los mit dir, Hannah Bloom?
Soll ich's dir verraten, liebes Tagebuch? Ich spüre, dass heute etwas passiert ist, was mein Leben total verändern wird. Ich habe so ein Kribbeln im Bauch, das meldet: Alles was bis gestern war, kannst du vergessen! Heute hat ein neues Leben begonnen. Ab heute gehe ich sogar freiwillig und gern in die Schule. Von mir aus könnte es jetzt gleich klingeln und ich geh auch zwei

Stunden vor Mitternacht in den Englischunterricht. Zu Peter Hill, meinem neuen Englischlehrer.
PETER HILL!
Endlich bin ich die doofe Hummel los, endlich jemand, der wirklich Englisch reden kann. Frisch eingeflogen aus Liverpool. Ganz jung. Unwahrscheinlich locker und freundlich drauf. Nicht so ein autoritärer Zombie wie die meisten anderen an der Schule. Außerdem sieht er sehr besonders aus. Könnte glatt ein Sohn von John Lennon sein, dem Beatle, den Mum so verehrt. Längere Haare, voll in die Stirn. Die muss er sich immer wieder vor den Augen wegschieben, mit einer ganz süßen Bewegung.

Blöd, dass ich nicht ganz vorne sitze. Trotzdem kommen seine Augen voll rüber. Mit ganz viel Gefühl drin und schmunzelig.
Natürlich hat sich die dicke Gundula gleich an Peter Hill rangewanzt! Sonst futtert sie ständig ihre Smarties, heute nimmt sie den Mund anders voll und macht einen auf Englisch-Profi. Kennt sich in Liverpool aus. Will gleich das erste Referat übernehmen. Lässt ihren Busen schwabbeln und merkt nicht, dass Peter Hill längst jemand anderen anguckt!
Wie soll ich jetzt einschlafen?
Mum ist immer noch nicht zurück vom Dreh und interessiert sich mal wieder nicht für mich. Sie hätte ja wenigstens anrufen können, um sich nach meinem ersten Schultag zu erkundigen.
Dad ist wie immer unterwegs, um Recherchen zu machen. Handy abgeschaltet und wahrscheinlich auf

to suffer from sth an etw leiden
eating disorder Essstörung
male männlich
extremely äußerst
charming charmant
in a tizzy in Aufruhr
assistant director Regieassistent(in)
to make a good mother sich als Mutter eignen
to be caught up in sth von etw in Anspruch genommen sein
to dare wagen
silver screen Kinoleinwand
to bump into sb jdn zufällig treffen
to drag sb along jdn mitschleifen

SMS-Entzug. Deshalb bekommt er zur Strafe jetzt eine E-Mail:

Hi Daddy,
Would you like to know how your only daughter is doing? For example, do you know which class I've just gone into? Would you like to know that I've been **suffering from** an **eating disorder** since this morning? Did you know that you are not the only **male** person who was born in England and is **extremely charming**?
Have you ever had a day where you've walked around with your mind **in a tizzy**? Or should I say, with your heart in a tizzy?
I'll start again: Barbara-Mum had to rush off to the film studio again this morning. **Assistant directors** just don't **make good mothers**. They don't make breakfast. They're too **caught up in** their own films to notice the dramatic events in their only daughter's life. Which, I **dare** say, is often far more exciting than anything that happens on the **silver screen**. And with very good-looking stars, I might add ...
I **bumped into** one of these in front of the school:
"Sorry, do you know where 8a's classroom is?"
Since I was going into class 8a myself, I **dragged** this guy **along** with me.
"Sorry, do you have a name," I asked him.

"Jan," he said, and his **cute** face **blushed a deep shade of red**.
I introduced myself to him but left him outside the classroom door – I didn't want the others **staring at** us and **coming to conclusions**.
Then there was the usual **chat** and questions on the first day back at school: who went on holiday where. What kind of adventures people had. Who was almost eaten by a shark. Who fell madly in love in Mallorca or Paris or in the Black Forest. Whisper, whisper … I had nothing to **contribute**, and anyway I didn't believe half of it.
Then the usual **organisational** stuff: **attendance list**, **appointing class officers** and the new timetable … **yawn**! A bit of German, a bit of Maths, break and then he made his **appearance**: PETER HILL!
Daddy, I'm only telling you this because you're so far away. Because you can't see me now. Because there's no **sign** of Mum, and anyway she'd just say I'm crazy.
I'll start with the **raw facts**: He's our new English teacher. He's the youngest teacher I've ever had – I'm sure he's not even thirty. Like you, he's an Englishman, and I'm sorry to say, he's even more **handsome** than you! He wears a tie but not a jacket.

cute hübsch
to blush a deep shade of red dunkelrot anlaufen
to stare at sth/sb etw/jdn anstarren
to come to conclusions Schlüsse ziehen
chat Geplauder
to contribute beitragen
organisational organisatorisch
attendance list Anwesenheitsliste
to appoint ernennen
class officer Klassensprecher
yawn! Gähn!
appearance Auftritt
sign Zeichen
the raw facts die nackten Tatsachen
handsome gut aussehend

He speaks such nice-sounding English that even the class **dunces** are impressed. But the strangest thing of all is that I have the feeling that I'm somehow **related** to him.

Now don't be jealous, Daddy! **Don't get me wrong**: he is someone I must have known in my last life. There's something about him that's so **familiar** it makes me scared. Not really scared, but like I said – eating disorder! I haven't had anything to eat since first break. And there's something else, which I won't **let you in on** …

And I **recommend** (just in case you're still talking to her) that you don't say anything to Mum. She's been **pestering** me for weeks, asking when I'm finally going to fall in love. **Apparently**, with her it all happened much earlier …

But please don't misunderstand me: I'm not in love. I'd never fall in love with a teacher. I just wanted to write to you again and let you know that you could contact me **from time to time**. Even divorced fathers have their responsibilities!

Big kiss,

Hannah-Tochter

dunce Schwachkopf
related verbunden
Don't get me wrong! Versteh mich nicht falsch!
familiar vertraut
to let sb in on sth jdn in etw einweihen
to recommend empfehlen
to pester sb jdm auf die Pelle rücken
apparently anscheinend
from time to time hin und wieder

Ja, diese Hannah-Tochter liegt jetzt zusammen mit ihrem Tagebuch im Bett. Ja, ganz kuschelig und immer noch nicht müde.

Mum ist eingetroffen: ziemlich blass, reichlich nervös

und mit dieser Alkoholfahne, die ich an ihr nicht mag. Seit der Scheidung von Dad ist sie noch fahriger als früher. Sie hört nicht richtig zu und sie hat nicht mal dran gedacht, dass ich heute meinen ersten Schultag hatte.
Zur Strafe hab ich ihr nichts erzählt. Kein Sterbenswort!
Immerhin hat sie was von Frühstück gefaselt und von Frühmorgen-Dreh. Eigentlich müsste ich ihr das Frühstück machen und sie verwöhnen. Sie braucht dringend einen Freund, der sich um sie kümmert.
Aber nicht in dieser Wohnung, liebe Mum! Das ist dir wohl klar, oder?!

Und mir ist klar, dass mir hier jemand fehlt: Tini!
Weshalb musstest du ausgerechnet jetzt nach Wuppertal ziehen? Wieso kann man überhaupt nach WUPPERTAL ziehen??
Aber vielleicht ist es besser, wenn du nicht mehr in der Klasse bist. So wie du drauf bist, würdest du …
Würdest du???
Ich sollte dir vielleicht noch schnell simsen, Tini, damit du auf dem neuesten Stand bist. Denn du wirst staunen! Und du wirst es bereuen, nicht mehr in München zu sein!
Und dann endlich: Gute Nacht, Hannah! Träum was Irres, Kirres, Wirres …

Zweiter Schultag – Mittags

Ich sitze allein in der Küche und bekämpfe meine Essstörung: Futtere eine Pizza und kriege kaum was runter, weil ich schon was anderes im Bauch habe.
What's wrong with you, Hannah?
Das hat mich Barbara heute Morgen auch gefragt, allerdings auf Deutsch. Obwohl mal wieder in Hektik und schon fast aus dem Haus, als ich grade aus dem Bett komme, hat sie was bemerkt.

as of seit
mood Stimmmung

It's quite simple: **As of** yesterday, Hannah likes going to school!
Ich bin ganz ehrlich: Dieser Peter Hill macht mich ganz kribbelig. Dauernd hab ich sein Gesicht vor mir. Besonders seine Augen ...
Please tell me what happened?
Als er heute zur dritten Stunde endlich ins Klassenzimmer kam, stand ich ganz zufällig an der Tür. Mit lockerem Gang rauschte er an mir vorbei. Nur eine Tausendstelsekunde Blickkontakt. Nur ein Hauch von einem Lächeln. Keiner wird's bemerkt haben. Aber bei mir war's sofort auf der Festplatte. Für immer gespeichert ...
"Good morning. Well, are all of you in a good **mood** on your second day back at school?"
Gemurmel, Gebrabbel, Gekichere ... und wen hört man aus allen deutlich heraus? Die dicke Gundula:

"We feel just super, Mr Hill!"
Ich kann ihre Stimme nicht ertragen. Und ihren Ausschnitt erst recht nicht! Muss man die Dinger so raushängen lassen? Wahrscheinlich hat sie diesen Busen-Präsentier-Fummel gleich gestern ergattert, um IHN zu betören.
Aber ich hab ihn die ganze Stunde beobachtet: Er hat nicht einmal länger zu ihr hingeschaut. Er hat versucht, jeden Einzelnen anzusehen. Und jede Einzelne. Ganz gezielt, ganz aufmerksam und manchmal auch ein bisschen schüchtern – vor allem bei uns Mädchen.
"**First of all**, I'd like to **get to know** you all. As well as your city, your country and the way you **tick**. I must **confess**, this is my first time in Germany. I've read a lot about your culture and your history. I even took German at school. But I have to confess, I was **rather** bad, especially in grammar. But then last spring I **grabbed the bull by the horns**. I took a German course at the university. Something was **drawing** me to Germany. And I knew **straight away** that it had to be Munich. I didn't know anyone here. I'd just heard about the great museums, about the old Olympic stadium, the new World Cup stadium and, of course, Bayern Munich. And let's not forget your king who built all those mad castles and was a bit crazy. But then again, we're not **short of eccentric royals** in Eng-

first of all zunächst
to get to know sb jdn kennenlernen
to tick ticken
to confess bekennen
rather ziemlich
to grab the bull by the horns den Stier bei den Hörnern packen
to draw ziehen
straight away sofort
to be short of sth an etw Mangel leiden
eccentric exzentrisch
royals Mitglieder des Königshauses

land, are we? So here I am, and I'd like to get to know you all …

Ja, ja … gerne, Peter Hill!
Jedes Wort Ihrer Ansprache weiß ich auswendig. Jede Lippenbewegung hab ich in mich aufgenommen. Noch nie ist mir jemand begegnet, der mir auf den ersten Blick so nah, so vertraut war. Es geht alles gleich nach innen. Was Sie sagen und vor allem, wie Sie es sagen. Ich fühl mich völlig ausgeliefert:

HANNAH HAT SCHMETTERLINGE IM BAUCH!

Und noch etwas von heute Morgen:
Dieser Jan – er heißt übrigens Jan Jochen Jäger – ist wohl doch nicht so schüchtern, wie er tut. Er ist am Mittag mit einer aus der Zehnten abgerauscht. Aus der Zehnten! Passen aber bestens zusammen.
Wie kann man nur mit einer gehen, die zwei Jahre älter ist?

Gleicher Tag – gleiche Gefühle

Wohlig warm im Bett und kein bisschen müde. Es tut gut, mit dir, liebes Tagebuch, hier zu kuscheln und dir alles anzuvertrauen.
Eben hab ich mit Barbara-Mum gegessen. Sie war wieder völlig erledigt von den Dreharbeiten. Sie tut mir leid. "Aber was soll ich machen?", hat sie gefragt. "Bob zahlt genug Geld für dich und würde sogar noch was drauflegen. Aber ich möchte ihn um nichts bitten. Schließlich war ich diejenige, die gegangen ist, und deshalb will ich den Laden auch selber finanzieren. Ich hab nichts anderes gelernt als Regieassistentin, und meinen Traum, selbst Regie zu führen, muss ich wohl aufgeben. Da sind andere früher dran. Und ein neuer Mann mit viel Kohle oder wenigstens einem festen Gehalt ist auch nicht in Sicht."
Sie hat recht. Ein neuer Partner würde ihr bestimmt gut tun. Aber darum muss sie sich schon selber kümmern.
Und dann hab ich Mum doch von Peter Hill erzählt. Nur ganz oberflächlich, nur ein paar Andeutungen. Sie aber hat gleich alle Antennen ausgefahren: Dass ich von einem Lehrer so schwärme, das kennt sie nicht. Sie ist gleich ganz neugierig geworden und ich hab's sofort bereut. Ihre Ankündigung: "Dann muss ich wohl bald mal in seine Sprechstunde gehen!"
Nein danke, Mum, das kannst du dir schenken!
Viel lieber würde *ich* dorthin gehen und mit ihm ein Exklusivinterview machen …

Inzwischen ist es fast Mitternacht und ich muss endlich alle Geräte abstellen.
Tini hat sich noch gemeldet und gratuliert. Jetzt bereut sie es noch mehr, an die Wupper gezogen zu sein. Obwohl es in diesem Tal auch gute Typen geben muss – jedenfalls hat sie was angedeutet.
Viel wichtiger, Daddy hat schon geantwortet:

Hi there, my big girl,
what interesting news!
An English teacher from England – not bad! And such an **attractive** one – it could **hardly** be better.
The line about knowing each other from a **previous** life is something I've heard before, mostly from women. I take a more **pragmatic approach**.
I'm much more interested in what you said about this Jan. I **detect** what could be the start of a love story ...

attractive attraktiv
hardly kaum
previous vorherig
pragmatic pragmatisch
approach Herangehensweise
to detect erkennen

An dieser Stelle hab ich aufgehört zu lesen und ihm sofort geantwortet:

You've got it all wrong, Dad! I'm not going to write another word about it to you.
Good night!
Hannah

P.S. By the way, Jan has a girlfriend. She's two years older and goes to our school!

ENGLISCHUNTERRICHT

Wie soll man sich da bitte konzentrieren? Dieser Mann da vorne am Tageslichtprojektor bringt mich völlig aus der Fassung. Ich hab beschlossen, mich allein in die letzte Bank zu setzen. Hier hinten fühle ich mich unbeobachtet und hab mehr Überblick. Das Beste dabei: Ich kann in aller Ruhe Tagebuch schreiben.

Peter Hill hat mein Rückzug wohl verunsichert. Er guckt öfter zu mir her. Eben hat er einen längeren Spaziergang durch die Klasse gemacht. Ich hab genau beobachtet, wie seine Schritte langsamer wurden, als er auf mich zuging. Er hat gesehen, wie ich das Tagebuch schnell zugeklappt habe. Dazu ein kurzes Lächeln, ein Schmunzeln … das ging durch und durch. Ein ganz neues Gefühl.

Wie soll ich damit umgehen? Am liebsten würde ich irgendwelche lauten Töne von mir geben. Fiepsen oder Juchzen … irgendwas rauslassen, um nicht zu bersten. Aber was würden die hier von mir denken?

Der Neue, dieser Jan, guckt mich sowieso schon an, als käme ich von einem anderen Stern. Er lümmelt irgendwie schräg auf seinem Stuhl rum. Statt Peter Hill zuzuhören, kann er es nicht lassen, immer wieder zu mir rüberzulinsen. Natürlich kriegt die dicke Gundula das mit und vergisst glatt ihre Smarties. Lässt ihren Busen zu mir rüberwabbeln und guckt, was Sache ist.

Mister Hill tut so, als hätte das alles nichts mit ihm zu tun. Er zieht seine Stunde durch und weiß gar nicht, was ihm da gelingt: Bei keinem sonst sind wir so ruhig und konzentriert!

An der Isar

Tina sitzt an der Wupper und ich an der Isar. Wir haben gesimst und das Neueste ausgetauscht. Sie ist frustriert, weil sie München vermisst. Sie kommt auch nicht damit klar, dass ich grad was erlebe, bei dem sie nicht dabei ist.

Dabei sitze ich ganz einsam hier am Plätscherwasser und weiß nicht, wie das mit mir weitergehen soll.

Kaum hat dieses neue Schuljahr begonnen, hat es mich völlig aus meiner bisherigen Umlaufbahn katapultiert. Hannah ist wohl dabei, sich zu verlieben. Hat sich offenbar schon verliebt. Ist dabei, zum ersten Mal richtig abzuheben …

Wunderbar!

Oder vielleicht nicht wunderbar?

Isar, sag mir bitte, wohin meine Gefühle fließen! Soll ich ein Stauwehr errichten? Kann man damit solche Ströme aufhalten?

He, was seh ich da?! Das kann doch wohl nicht wahr sein …

Isar, sag mir, wer geht dahinten am anderen Ufer? Hab ich Halluzinationen oder was?

Ne, das ist keine Einbildung! Das ist er wirklich!

Isar, sag ihm, er soll zu mir rüberschauen! Vielleicht erkennt er mich ja auch …

Wieso jetzt ausgerechnet der Jan? Sogar ohne Begleitung!

Soll ich einfach zu ihm rüberschwimmen …?

In der Badewanne

Nun bin ich hier abgetaucht. Kein anderes Ufer. Niemand, zu dem ich schwimmen kann. Niemand, der mich nackt schwimmen sieht. Stattdessen hab ich mir die Haare, hab ich mir den Kopf selber gewaschen: Es kann nämlich so nicht weitergehen!
Glücklicherweise ist morgen ein Tag ohne Englisch. Eigentlich brauch ich gar nicht in die Schule zu gehen, denn konzentrieren kann ich mich in den anderen Fächern auch nicht. Ich muss eine klare Entscheidung treffen. Ich muss die Schmetterlinge freilassen. Ich muss noch mal ganz neu mit dem Schuljahr anfangen, cool and clear.

Peter Hill, you are a very nice man. You have a very unusual **sparkle** in your eyes. You also have a **seductive** voice. But please make sure that your **female** pupil **concentrates** on her **schoolwork** and not on her teacher.
I would be very **grateful** if you would **heed** my request.
Did you get my message, Mister Hill?

sparkle Funkeln
seductive verführerisch
female weiblich
to concentrate sich konzentrieren
schoolwork Schulaufgaben
grateful dankbar
to heed sth etw beachten

ALBTRAUMTAG

Heute ist kein Schultag, heute ist ein Albtraumerholungstag. Der Englischunterricht findet im Bett statt und Deutsch, Mathe, Physik und den Überschlag am Stufenbarren können die anderen ohne Hannah Bloom lernen.

Was ist diese Nacht passiert? Ich hab seit Langem mal wieder in Englisch geträumt:

gloomy trüb
vaguely vage
to flutter flattern
jet-black rabenschwarz
enormous riesig
to refuse sich weigern
to accompany sb jdn begleiten
whether ob
in any case jedenfalls
to avoid meiden
janitor Hausmeister

It was a **gloomy** day. Thunder and lightning in the morning ... I could **vaguely** remember a similar day years earlier, when I was still in kindergarten. Strangely, as I was packing my lunch in the morning, hundreds of butterflies **fluttered** out of my schoolbag. They were **jet-black** and **enormous**, and I quickly opened the window to let them out. But a few of them **refused** to fly away, and instead **accompanied** me to school. I don't know **whether** the other students also saw them – but **in any case** they all **avoided** me. I don't know why I decided to go in through the teachers' entrance. But of course I bumped straight into the **janitor**:

"The principal is expecting you in his office!"

"There must be some kind of mix-up," I said. I started thinking about how I could escape from the school building.

But outside it had now started to rain. And this was accompanied by a **raging** thunderstorm. The teachers, all wearing long, black **gowns**, were now blown into the building like a **flock** of birds. I rushed into the principal's waiting room, where the school secretary gave me a **dirty look**:
"The principal is expecting you in his office!"
As I opened the heavy door, my heart was beating wildly.
"Good morning, Mr. Ranzinger."
He gave no **reply**. He just made a **gesture** towards the chair opposite his desk. An empty, shiny desk stood between me and the principal. Outside the thunderstorm was still raging, but in this room all I could feel was the principal's **piercing** eyes examining me. Eventually he spoke to me:
"Hannah Bloom, something strange and unpleasant has **come to my attention**. It is **alleged** by **several** people, that you have been meeting with a member of **staff** of this school in a **shameless** and **forbidden** manner. As you should **be aware**, the rules of this school strictly forbid the **harassment** and **seduction** of adults. Anyone who breaks this rule must be **expelled** immediately.
I'd like to make this quick and **painless** for you. So, here is your **confession** – you only need to sign it.

to rage wüten
gown Robe
flock Schwarm
dirty look scheeler Blick
reply Antwort
gesture Handbewegung
piercing durchdringend
to come to sb's attention jdm auffallen
to allege behaupten
several mehrere
staff Lehrerkollegium
shameless schamlos
forbidden verboten
to be aware wissen
harassment Belästigung
seduction Verführung
to expel verweisen
painless schmerzlos
confession Geständnis

to clear out ausräumen
sheet Blatt
to be indebted to sb jdm Dank schulden
reputation Ruf
to gasp for breath nach Luft schnappen
to struggle sich anstrengen
astonishment Verblüffung
witness statement Zeugenaussage
tiny winzig
painfully schmerzlich
to plead flehen
accused Angeklagte(r)
barely kaum

"Gundula was kind enough to **clear out** your desk for you already."

"I … he … who exactly?

I opened my mouth but my voice stuck in my throat. Meanwhile, the principal pushed a **sheet** of paper and a pen in front of me, and with the other hand made a gesture for someone else to come into the office – Gundula!

"My dear Gundula, the school management, all of the teaching staff, as well as the students, are greatly **indebted to you**. You have saved the **reputation** of this institution."

I looked from her to him, and from him to her. Gundula smiled at me and handed me a plastic bag containing the bits and pieces from my desk.

"Don't worry, I'll take care of Peter and Jan."

I **gasped for breath**. I **struggled** to find words to express my **astonishment**.

"Now that you mention Jan, Jan Jochen Jäger, I need him to sign a **witness statement**."

The principal waved his hand again and Jan entered the room, avoiding all eye contact.

"Jan!" The words came from my mouth in a **tiny**, **painfully pleading** tone. "Please help me!"

"When did you last see the **accused**?," the principal demanded in a strict tone of voice.

"This afternoon," Jan replied so quietly you could **barely** hear him.

"Here in the school?"
"No, down by the Isar."
I couldn't believe my ears.
"Did you speak to Hannah there?"
"No, she was on the opposite side of the river."
"And was she alone?"
Jan hesitated. He was struggling.
"The truth, please! Remember **perjury** is a **punishable offence**."
"She was with him."
"With HIM?"
Suddenly Peter Hill was standing in the room. **Embarrassed**, he pushed his hair back from his **forehead**.
"Mr Hill, what is the nature of your **relationship** to your student Hannah Bloom?"
My heart was beating **furiously**. Everyone turned **expectantly** to Peter Hill. Several painful seconds passed before he answered:
"We are related to one another."
I was astonished. I was **moved**. What I would have liked to do most of all was throw my arms around him.
The principal, **on the other hand**, nearly fell out of his chair. "May I ask how you are related exactly?"
"We're not yet quite sure. We still have to find out exactly. But in any case, this is a private **matter** for us alone."
Now it was the principal's turn to be **lost for words**.

perjury Meineid
punishable offence strafbare Handlung
embarrassed verlegen
forehead Stirn
relationship Beziehung
furiously wild
expectantly erwartungsvoll
to be moved gerührt sein
on the other hand *hier:* dagegen
matter Angelegenheit
to be lost for words sprachlos sein

"Mr Hill ... I **presume** you are aware that you are a guest in our country?"
Before Peter Hill could offer a reply, Jan ran out of the room, **slamming** the door behind him.
"My father is also a **foreigner**!," I shouted out. "And I'm only half German!"
With these words I ran out of the office – and ran right into the middle of a **swarm** of black butterflies. Their faces were those of our teachers and they seemed to be very angry:
"We are **protesting**! We are protesting!," I could hear them calling.
"Against what? Against what?," came the angry reply from the principal's office.
"Quick, come down here!", whispered a pleasant voice next to me. A hand grabbed my arm and pulled me down the steps into the school **basement**.
It was Jan, whose face I could only barely **make out** in the half-darkness.
"You can hide down here until the whole thing **blows over**", Jan said quietly, his face close to mine, almost touching.
"That could take forever," I whispered back and rushed to get away. As I moved I **stumbled** over something. As I was falling I grabbed onto something soft and cuddly below me ...

to presume annehmen
to slam zuknallen
foreigner Ausländer
swarm Schwarm
to protest protestieren
basement Keller
to make sth out etw erkennen
to blow over vorübergehen
to stumble stolpern

Ich wachte auf. Ein Albtraum. Zum Glück nur ein Traum. Ich blickte verwirrt umher und hatte mein geliebtes Delfinbaby in der Hand ...

Der Traum ist allerdings noch längst nicht beendet. Er schwingt nach, die Worte klingen mir noch immer in den Ohren. Mir gruselt vor dem morgigen Schultag und ich werde aufpassen, nur ja nicht die falsche Eingangstür zu benutzen.

Obwohl gleich mehrere neue Menschen in meinem Leben aufgetaucht sind, fühle ich mich einsam und habe Angst vor dem, was kommt.

Ein lauwarmer Septemberabend

Barbara ist heute früher von den Dreharbeiten zurückgekommen. Sie war wieder sehr geschafft. Aber ganz lieb zu mir.
Ich hatte Spagetti vorbereitet und beim Italiener extra frischen Parmesan besorgt. Wir haben Kerzen angezündet und seit Langem mal wieder mit viel Zeit über mehr gesprochen als nur über fade Alltagssoße.
Barbara hat ziemlich viel Wein getrunken und viel über sich geredet. Warum ihr die Trennung von Dad so schwergefallen ist. Ihr ständig schlechtes Gewissen mir gegenüber. Ihre Probleme mit dem Job: immer diese aufgedrehten Film-Flippis um sich herum und in letzter Zeit nur Serie, Serie und nochmals Serie.
Eigentlich wollte Mum ja mal selber Filme inszenieren und nicht ein Leben lang Regieassistentin bleiben. Vor allem nicht unter Kolleginnen, wie in letzter Zeit immer mehr. Ideen für Drehbücher hat sie auch immer gehabt. Hat sich Notizen gemacht und mir, seit ich mich erinnern kann, witzige Szenen vorgespielt. Aber zum richtigen Schreiben sei sie nie gekommen … Tränen in den Augen … Dieses Selbstmitleid kenn ich schon seit Jahren.
Dann aber eine Überraschung: das Thema Männer im Allgemeinen und im Besonderen! So offen hat Barbara darüber noch nie gesprochen. Eigentlich, so sagt sie, hat sie wieder das Bedürfnis nach einer festen Beziehung. Aha!

Sich fallen lassen, sich verwöhnen lassen und alles, was dazugehört.
Soso!
Aber sie will sich nicht mehr so klein und abhängig fühlen wie bei Dad, der einige Jahre älter ist als sie.
Na und?
Sie macht ihm heute keine Vorwürfe mehr und wünscht sich ganz ehrlich ein entspanntes Verhältnis und eine Freundschaft mit ihm.
Na endlich!
Dann aber die alte Leier mit den Selbstvorwürfen: Sie hat ja so viele Schwächen, so viele Fehler, und eigentlich müsste sie längst eine Therapie machen.
O je!
Andererseits will sie aber nicht eine von den hunderttausend Psychotanten sein.
Na hoffentlich!
Und dann: Flenn, flenn! Sie hat alte Beatles-Stücke aufgelegt und ... von John Lennon geschwärmt.
Wenn sie ahnen würde!
Schließlich wollte sie unbedingt mit mir auf die Zukunft anstoßen. Plötzlich hat sie mich ganz intensiv angeschaut. Mir ist ganz komisch geworden, so eindringlich war ihr Blick: Irgendwas sei anders an mir. Mein Gesicht habe sich verändert in letzter Zeit ...
"ICH HABE MICH VERLIEBT", habe ich gesagt. In Großbuchstaben. Komischerweise hat sie mich nicht gefragt, in wen.

MITTAGS(UN)RUHE

What are you doing to me, Peter Hill?
You don't seem to realize that you're one step away from being thrown out of the school. How dare you pick up my diary with that **cheeky grin** on your face, while everyone else has their head stuck in their books! Have you forgotten what the principal said to you last night?

cheeky frech
grin Grinsen
to calm down sich beruhigen
corridor Flur
to make fun of sb sich über jdn lustig machen
to babble plappern
weird seltsam
to get used to sth sich an etw gewöhnen

It can't go on like this, Peter Hill!
Even though the principal had **calmed down** and looked at me quite normally this morning in the **corridor**. Even the janitor behaved as though nothing had happened. But even so, this is no way for a teacher to behave!
Do you know what happened to me in maths class today? I gave the answer to an exercise in English and they all looked at me funny. The teacher thought I was **making fun** of him, so I started to **babble** on about my English father. I wouldn't mind, but it didn't even have anything to do with him …
And now my confession, Peter Hill:
I've smelled my diary at least five times since English class – just because you held it for a few minutes in your hand. That's probably **weird**. But that's how I am (now), and we'll just have to **get used to** it!

Wochenend-Pläne

Nun habe ich eine Entscheidung getroffen: Ich werde dieses Wochenende nutzen, um alles auf den Kopf zu stellen. Mum hat versprochen, mit mir zu Ikea zu fahren. Sie spendiert mir Sachen, damit das Kleinmädchen-Design in den Müll kommt. Wenn ich Glück habe, geht sie mit mir auch noch in die Stadt, um Klamotten zu kaufen. Ich will nicht mit Gundula konkurrieren und den anderen Frühvollendeten. Aber irgendwas muss anders werden mit meinem Outfit: Das ist grade wie eine Häutung, bei der eine neue Hannah entstehen will. Wie bei diesem Greg, über den ich mal gelesen habe: Der wachte eines Morgens als Riesenraupe auf, weil er sich verliebt hatte. Und dann passierte in der Geschichte eine Häutung nach der anderen, bis er sich am Schluss gefunden hat …

Und wer findet mich?

“Ich finde, du spinnst!”, hat mir Tini soeben per SMS verkündet.

to weave (wove, woven) spinnen

Also gut, ich gestehe: Ich spinne. Ich weiß, dass ich eine Spinne bin. Und Spinnen spinnen eben, so ist das nun mal auf dieser verrückten Welt.

Nein, eigentlich bin ich keine Spinne, denn ich finde Spinnen grauslich. Trotzdem will ich spinnen. Und träumen. I want to **weave** my own plans and dreams!

Und ich will, dass meine Träume wahr werden. Nicht meine Albträume, sondern meine Tagträume.

Ich will genießen und lieben. Und das sag ich nur dir, du liebes Tagebuch. Komm, lass mich noch mal an dir riechen, du geheimes Tagebuch!

Sonntagseinsicht

So viel Neues. Fast alles ist verändert.
Auch das Verhältnis zu Barbara. Sie war zwar ungeheuer großzügig und hat mir fast jeden Wunsch erfüllt. Dafür nervt sie mich mit Fragen und blöden Bemerkungen.
Zur Strafe erzähl ich erst recht nichts! Irgendwie wirkt sie so, als sei sie eifersüchtig auf meine Verliebtheit. Sie hat sogar, von Neugier angestachelt, bei Bob angerufen. Erst ging es wohl ums Geld, dann aber hat sie ihn anders angebohrt – ich hab sie dabei in der Küche belauscht. Offensichtlich ahnt sie, dass ich ihm vertraue, und will wissen, was ich ihm erzählt habe ... anscheinend hat er dicht gehalten. Das Beste ist, ich erzähle niemandem was. Am besten kommen die meisten damit klar, wenn es einem schlecht geht. Dann können sie einen trösten und fühlen sich selber stark, oder?
Ja, liebes Tagebuch, nun musst du meine Geheimnisse allein anhören. Und ich gestehe:

average durchschnittlich
build Statur
gorgeous wunderschön
category Kategorie

I've fallen madly in love with my English teacher! He's probably about twenty-nine, of **average build** and has eyes that are just too **gorgeous**. To me he doesn't seem at all like an adult, and he definitely doesn't fit into the typical 'boring teacher' **category**.
That's how it is, and one thing I know for certain: tomorrow it won't be any different.

Nacht-Gedanken

Ich kann nicht schlafen, alle Gedanken kreisen nur um IHN.
Wenn ich nur wüsste, was er für ein Leben führt! Ist er etwa verheiratet? Oder hat er eine feste Freundin in England, mit der er jede Nacht telefoniert? Oder ist sie längst eingeflogen und bei ihm eingezogen?
Wehe!!!

FRÜHSTÜCKS-GEDANKEN

Mum ist schon weg und die Essstörung auch. Nun muss ich aufpassen, dass ich nicht den ganzen Kühlschrank leerputze. In der Nacht bekam ich schon einen Anfall und nun kann ich auch nicht aufhören. Wie früher als Kind mach ich mich über die Schokocremes und die feinen Schokoplättchen her. Wenn ich so weitermampfe, mach ich noch der Gundula Konkurrenz ... nein, solche Schwabbelkugeln will ich nicht!

Aber Schokolade regt das Gehirn an: Ich hab die Idee, einen Fragebogen zu entwerfen und ihn Peter Hill vorzulegen. Daraus kann man ein Lernprojekt machen und die anderen in der Klasse sind sicher voll dabei und ahnen nichts.

Und mit einem Schlag erfahr ich alles über ihn! Fast.

Der Fragebogen

Es hat geklappt. Idee sofort umgesetzt. Alle waren begeistert – bis auf Jan. Der hat nur was von Intimkiste gemurmelt. Von wegen! Peter Hill hat alle Fragen beantwortet:

sibling Geschwister
particularly besonders
spicy stark gewürzt
marriage Ehe
prospect Aussicht
parenthood Elternschaft

Age:	28
Siblings:	One pretty, cheeky sister
Hobbies:	Reading, listening to music, cinema, collecting leaves + shells, travelling in warm countries – **particularly** islands
Favourite foods:	Anything that tastes good (especially **spicy** food)
Favourite music:	Classical, blues, pop
Marriage prospects:	None, I'm still too young
Parenthood prospects:	Some time, at least two kids
Most afraid of:	War + aggressive people
Girlfriend:	Would like to have! My last girlfriend left me because she found a more attractive guy

Mannomann … er war sooo süß, als er den Zettel ausgefüllt hat. Ich zerfließe …

Mit Peter Hill im Bett

Ich schaue nicht mehr auf die Uhr. Ich leide unter einer akuten Schlafstörung. Wie soll man auch einschlafen, wenn man seinen Englischlehrer mit ins Bett genommen hat?
Diesen Fragebogen hab ich nun mindestens zehnmal gelesen, obwohl ich ihn längst auswendig kann. Trotzdem muss ich ihn immer wieder lesen, weil seine Schrift so sympathisch ist.
Und ... peinlich, peinlich ... ich schnüffle auch an diesem Zettel. Einen Satz lese ich am liebsten – den verrat ich dir nicht, liebes Tagebuch, so geheim bist nicht mal du.
Dafür erfährst du eine andere Neuigkeit: Mum, die Vielbeschäftigte, hat mir mitgeteilt, dass sie zu Peter Hill in die Sprechstunde gehen will.
Keine Ahnung, was ich davon halten soll. Einerseits find ich's albern, weil ich keine Probleme in diesem Fach haben kann. Andererseits interessiert es mich, wie sie ihn findet. Als Frau, als weibliches Wesen eben ...
Außerdem: Sie flattern wieder, die Schmetterlinge! Bunt und aufgeregt und pausenlos. Ich bin gespannt, ob sie irgendwann mal müde werden und mich schlafen lassen!

Englischunterricht

Ich sitze immer noch in der letzten Reihe. Die andern haben sich daran gewöhnt. Gundula isst Smarties und fummelt unter der Bank an ihrem Handy rum. Jan guckt nur noch nach vorne, macht manchmal sogar im Unterricht mit und würdigt mich seit unserer Flucht in den Keller keines Blickes mehr.

Können sich Träume etwa übertragen wie Gedanken?

Und mein Lehrer?

Er zieht den Unterricht durch wie ein echter Profi. Da könnten sich die alten Knacker hier an der Schule einiges abgucken. Er arbeitet viel mit Medien. Er liest aus Zeitungen vor. Hat dauernd Material für den Overhead-Projektor. Er zaubert Poster aus seiner Tasche. Und dazwischen gibt's ständig was aus dem Lautsprecher. Wer nicht mitmacht, wird in Ruhe gelassen. Wer rausgehen will, wird nicht gefragt, wohin.

Und wer was ganz anderes machen will, wird auch nicht daran gehindert! Zum Beispiel Hannah Bloom, die mit Herzklopfen einen Brief verfasst:

Hello Mr Hill!
Dear Mr English teacher!
Dear Peter Hill!
I can't help myself, I have to write to you and you'll just have to deal with it. It's just that I feel you're so close and familiar to me. I don't want anyone to know. Anyway, it would be better if you didn't **pay** too much **attention** to me.

to pay attention
beachten

I'd **advise** you not to get too close to me. Because every time you move in my **direction**, whenever you get close to me, I feel like something terrible is going to happen. I feel kind of **dizzy**, I get butterflies in my **stomach**, and I'm in danger of fainting.
Is that what you want?
What do you want anyway?
Of course you've noticed that I'm often thinking about other stuff during class, that I'm not paying attention like the others. I'm sure you're aware that I left a note in my workbook. Do you realize that I write to you? Do you know WHY?
Actually, I feel kind of silly writing to you like this. Well, not really silly. More like **insane**. Actually, I'm more the **shy** type. Not as bad as Jan up the front, he's almost **completely uptight**. But I certainly am **self-conscious**. I can't **waggle** my **boobs** like Gundula over there (apart from the fact that I don't have enough to waggle!). I'm self-conscious because I've never really fallen in love.
Don't get me wrong: in actual fact, I really just want to tell you about my butterfly collection. It's enormous. It has grown a lot over the last few days. I even have a few huge exotic **moths**. They flutter around wherever they like, and won't even let me get to sleep anymore ...

to advise sb jdm raten
direction Richtung
dizzy schwindelig
stomach Magen
insane verrückt
shy schüchtern
completely völlig
uptight verklemmt
self-conscious gehemmt
to waggle wackeln
boobs Möpse
moth Falter

Oh Shit, jetzt hat er doch was bemerkt! Oder wieso guckt er mehrmals zu …

Oh, Mr Hill, I mean Peter, why do you frighten me like that? I was sure just now that you were going to come over here and take this letter off me. You have no idea what **effect** your eyes have on me! So familiar, it's as if I've known them for years …

O je, nun kommst du doch! Was soll ich …

Hey Peter, that was a mean trick what you did just now! First coming over to me, putting out your hand for the letter and then changing your mind and pulling back.
You can have it if you like. Then you'll know how I feel and you can take your time deciding how you want to deal with that. You could go to the principal. You could ask him to move me to the other class. You also have the option of running away … though, of course, you can be sure I'd **track you down**.
No, I'm sorry, forget everything I've written already. I'm really not in **control** of myself at the moment, I'm **losing my grip on reality**. I'm going to **scrunch up** the letter right now and destroy it. I promise you, Peter, I won't do anything like this again!
Hannah

effect Wirkung
to track sb down jdn aufspüren
control Kontrolle
to lose one's grip on reality den Bezug zur Wirklichkeit verlieren
to scrunch up zerknüllen

An der Isar

Tschüs, Brief!

Da schwimmst du in tausend Schnitzelchen und niemand kann dich mehr lesen. Ich hätte dich gerne aufgehoben, doch mein siebter oder achter Sinn sagt mir: Vorsicht, Hannah, deine Mum ist überaus neugierig!

In der Stadt

Nun sitz ich am Stachus und guck mir die Leute an. Vor mir ist der große Brunnen und die Kinder rennen barfuß oder sogar mit Schuhen durch die Wasserfontänen. Ich würde gern mitrennen und von oben bis unten nass werden.

Leider bereue ich, was ich getan habe: Ich habe dem Brief sicher wehgetan, als ich ihn zerrissen habe. Ich habe wichtige Sätze zerstört, die eigentlich zu Peter wollten.

Aber wollte Peter diese Sätze?

Ich hab plötzlich einen schrecklichen Depri: Ich will nicht nach Hause. Und ich will morgen nicht in die Schule. Ich weiß auch nicht, ob ich dieses Tagebuch weiterschreibe. Mein Bauch sagt mir, es droht was ganz Gemeines. Die Schmetterlinge sind offenbar eingeschlafen oder in Ohnmacht gefallen … ich spür nichts mehr von ihnen.

WER KOMMT DENN DA?

NEIN!

BITTE NICHT! DIE HAT MIR GRAD NOCH GEFEHLT!!

Nachts in der Badewanne

Da kann Barbara protestieren, solange sie will: Ich liege hier, solange ich will!
Was ich heute alles verkraften soll, geht nur mit Vollbad und Musik dazu ... vielleicht werd ich doch noch ohnmächtig und gehe hier unter – dann ist alles geklärt.
Erster Schock: Ich sitze da am Brunnen und denke, es kann nicht schlimmer werden, kommt doch da die dicke Gundula mit einer Eistüte, die mindestens drei glücklich machen würde!
"Soll ich dir auch eins holen?", fragt sie und lässt sich neben mich plumpsen.
Ich krieg kein Wort raus und so bleibt es auch.
"Soll ich dir mal was erzählen, Hannchen, ganz im Vertrauen? Ich hab mich abartig stark in den Hill verknallt! Vom ersten Schultag an hat's gebubbert. Und als ich heute gelesen habe, wie sehr er sich eine Freundin wünscht, hat's endgültig Knallbumm gemacht. Du bist die Erste, der ich das anvertraue! Was sagst du dazu?"
Nichts. Absolut nichts gibt es da zu sagen.
"Das kannst du wahrscheinlich nicht ahnen, Hannchen, was da in meinen Duweißtschon bebt. Dafür bist du wahrscheinlich zu jung, Hannchen. Werd du erst mal fünfzehn, dann verstehst du, was ich meine."
Ich versteh alles und nichts.
Gundula wuchtet ihr Smartie-Gestell nach oben und wackelt davon ...

Zweiter Schock:
Tini will nicht mehr meine Freundin sein. Sie will unsere Freundschaft auf ein Blabla-Verhältnis runterfahren. Sie ist sauer, weil ich nicht umgehend auf ihre SMS reagiere. Sie fühlt sich ausgeschlossen und glaubt, sie sei nicht mehr wichtig für mich.
Da steckt wahrscheinlich ganz was anderes dahinter: Sie ist eifersüchtig! Bei ihr läuft nichts in Wuppertal. Außerdem ist sie handysüchtig. Das hab ich glücklicherweise hinter mir, auch dank Peter. Ich vergess das Ding einfach, ich bin völlig besetzt von IHM.
Aber das wird ab morgen geändert: Ich geh auf Entzug! Ich mache eine Entliebungs-Kur!

NEUIGKEITEN

Ich bin stark. Ich habe einen ungeheuer starken Willen. Ich kann mich viel besser beherrschen, als ich gedacht habe:

Zuerst hatte ich mir vorgenommen, Peter Hill die ganze Englischstunde zu übersehen. Nur Buch, Tafel, Overhead, CD-Player, Arbeitsblatt und so weiter. Auch nicht zur verliebten Gundula gucken. Und Jan ist eh tabu, der übersieht mich und deshalb überseh ich ihn auch.

Auch in den anderen Stunden gab es Peter-Hill-Nachdenk-Verbot. Ganz brutal und mit Sanktionen, die ich noch genauer festlegen muss.

Okay, es hat nicht so geklappt, wie ich wollte. Erst ist mir mein Herr Englischlehrer quer gekommen:

"Hannah, are you feeling ill today?"

Ich hab nicht reagiert.

"Hannah, do you need to get some fresh air?"

Ich hab die Hände vors Gesicht gehalten.

"Would you like to go home, Hannah?"

Da waren sie wieder da, die Schmetterlinge!

"Die bekommt sicher ihre Tage!", mischte sich dann auch noch die verknallte Gundula ein. "Soll ich mit ihr auf die Toilette gehen?"

"Yes, would you? I'm afraid I'm not really **qualified** to **cover** the topic of menstruation in this class."

Das war's. Vorbei war's mit meiner Beherrschung. Ich hab meine Sachen zusammengerafft und bin davon.

qualified geeignet
to cover behandeln

Raus aus der Klasse. Raus aus der Schule. Raus in den Englischen Garten, wo die Enten und Schwäne auf dem See schwimmen. Wo ich ganz früher auch immer war, wenn's mir schlecht ging.
Und nun lieg ich wieder in der Badewanne und geh überhaupt nicht mehr in die Schule – das haben sie nun alle davon!

Sprechstunden

Das mit den Tagen war ein guter Tipp: Mum war ganz besorgt und hat mir gleich eine Entschuldigung geschrieben. Endlich Zeit, um meine Probleme in den Griff zu kriegen.

Als Erstes hab ich Tini eine lange Mail geschrieben und sie beruhigt: Unsere Freundschaft ist mir wichtiger als so Lehrer-Spinnereien.

Dann hab ich lange mit Daddy telefoniert und ihn beruhigt: Auch wenn ich im Sternzeichen Krebs geboren bin, kann ich manchmal ganz klar denken! Lieber hätte ich ihm das Auge in Auge gesagt, aber er ist mal wieder auf Recherche. So wird der Arme nie wieder eine feste Beziehung haben …

Dann ein Anruf, der mich voll erwischt hat. Wieso ruft der mich am Vormittag von der Schule aus an? Was zwickt ihn, sich bei mir zu melden? Und woher hat er überhaupt meine Telefonnummer?

Seine Stimme war ganz leise, wie aus anderen Sphären, trotzdem irgendwie eindringlich und lieb. Immer wieder Pausen, als wüsste er nicht weiter …

Erst hab ich noch herumgerätselt, ob ich mich auch nicht verhört habe. Und nach seinem Namen fragen wollte ich nicht, logo … peinlich, peinlich.

Warum ich dann auch noch dieses komische Bauchgefühl bekommen habe, ist mir rätselhaft.

“Soll ich dir die Hausaufgaben vorbeibringen?”, hat er mich mit seiner schüchternen Stimme gefragt und ich

hab blöderweise ohne Nachdenken geantwortet: “Nein danke!”
Dabei wäre das bestimmt lustig gewesen, mit Jan über Gundula und einiges andere abzulästern, warum eigentlich nicht?
Kaum hab ich diesen unberechenbaren Jan verkraftet, folgt der ultimative Auftritt von Barbara Bloom. Da hat sie endlich einen drehfreien Tag und was macht sie in ihrer kostbaren Freizeit? Sie dackelt in meine Schule, in die Sprechstunde von Herrn Hill!
Als sie zurückkam, dachte ich erst, sie wollte mir was vom Film erzählen. Ihre Augen haben geleuchtet wie beim Erfinden einer Drehbuch-Szene.
Wie zuvorkommend und herzlich er doch sei ... Mit welchem Verständnis er über mich und meine Generation redet ... Wie sympathisch doch sein Liverpool-Englisch klingt. Und wie er aussieht! Er würde sie verblüffend an John Lennon erinnern, diesen tollen Sänger und Komponisten von den Beatles, der ermordet wurde, als ich noch nicht mal auf der Welt war. Dass ich mich in ihn verguckt habe – in Peter Hill, nicht in John Lennon – kann sie jetzt bestens verstehen, das wäre ihr genauso gegangen. “Damals in der Schule”, hat sie schnell nachgereicht.
Ich müsste ja so glücklich sein mit diesem Lehrer, und dass er erst 28 ist, bezweifelt sie stark. Weil er so reif und so abgeklärt wirkt ... Sie will auf jeden Fall mit ihm in Kontakt bleiben ... Zum ersten Mal nach der Trennung hat sie wieder Lust bekommen, selber Englisch zu reden, das hat ihr richtig gutgetan!
So ist es nur so aus ihr herausgesprudelt, ohne Punkt

und Komma – offenbar haben wir einen ähnlichen Männergeschmack.
Dass sie dann anschließend gleich alte Beatles-Songs in voller Lautstärke hören musste, war mir dann aber doch ein bisschen zu heftig. Ein bisschen mehr Selbstkontrolle können Mütter schon haben, oder?

Pop-Konzert

"Surprise, surprise, Hannah! Look what I have for us!"
Ich liege im Bett und weiß nicht, ob ich wach bin oder träume. Mum steht vor mir, hat ihr attraktivstes Strahlegesicht aufgesetzt und reicht mir einen Briefumschlag:
"I bought these for us on eBay!"
Es ist eine Ewigkeit her, dass Mum das letzte Mal mit mir Englisch geredet hat.
"Come on, get up out of bed, otherwise we'll miss our flight!"
Ich reiße den Briefumschlag auf und hab zwei Konzertkarten in der Hand: BEATLES-KONZERT in Liverpool!
Wie ich in die Klamotten gekommen bin, wie wir zum Flughafen sind, wie in die Maschine rein … das ist alles ausgeblendet. Ich erinnere mich nur noch an die Landung und wie alles um mich herum *English* ist. Auch ich rede und denke plötzlich *English* und meine durchgeknallte Mum erst recht:
"Wow, isn't this **incredible**! Look at the size of that stage!"
She's right, the stage really is enormous, it's incredible. I've been to rock concerts before, both with Mum and with Dad – but I've never seen anything like. We're standing right in front of the stage and even the **support band** is great. They're a **bunch** of old rock-granddads. Even Mum hasn't heard of them. But the music is **amazing**. Then,

incredible unglaublich
support band Vorgruppe
bunch Haufen
amazing fantastisch

She loses it completely. Sie dreht völlig durch.
to act young sich jugendlich geben
unsure unsicher
to be frozen to the spot sich nicht von der Stelle rühren
hug Umarmung
to comfort trösten
to echo widerhallen

of course, Mum **loses it completely**. She's hugging me and screaming like a teeny. She keeps grabbing my arm. She's jumping from one foot to the other – I've never seen her look and **act** so **young**.
"The Beatles!!," she screams, and then they finally run out onto the stage: Ringo Starr, the drummer; George Harrison, the lead guitarist; Paul McCartney, the bass player and singer. And …? The cheering dies down a bit. The three Beatles on stage look around them and seem a bit **unsure** of themselves. Even Mum looks nervous and is **frozen to the spot**. I'm not really bothered about the whole thing … The main thing is, the music is good. Then the three of them start up: HEY JUDE … a really nice tune … the audience is singing along, everyone's in a good mood … except Mum who's still frozen to the spot and is lost for words …
I think for a second, should I give her a **hug** or try to **comfort** her. The song ends. They start playing a new song. Then everyone starts screaming again. Even Mum suddenly throws her arms in the air as he runs out onto the stage … with his guitar … he runs to the front of the stage to join the other three … and jumps into the air:
It's PETER HILL!
"There he is!", screams Mum, and everyone around us is also cheering.
"All you need is love!," **echoes** around the stadium and it's then I notice that my legs have turned to jelly …

Die Einladung

Das Lied ist echt und dröhnt volle Kanne aus Mums CD-Player.

> All you need is love, love, love is all you need.
> Love, love, love, love, love, love, love, love, love.

Der Traum wirkt nach, auch nachdem ich aufgestanden bin und die Musik verstummt ist. Ich kann ihn nicht abschütteln und nehme ihn mit in die Schule.
Zum Glück muss Barbara los, als ich aus dem Bad komme. Wir verabschieden uns kurz, sie ist wieder einmal in höchster Eile, trotzdem hat sie was gemerkt:
"Schlecht geträumt?", fragt sie, mit einem Blick, der voller Misstrauen ist.
"Schon okay", kann ich nur murmeln und dann ist sie weg.

In der Schule muss ich glücklicherweise mit niemandem reden. Erste Stunde gleich Englisch, ich verzieh mich nach hinten, pack meine Sachen aus und dann ist das Traumgefühl wieder voll da: Ich stehe in der Musikarena und alle warten auf seinen Auftritt. Es singt, tanzt und lächelt:
PETER HILL!
Er kommt ohne Gitarre. Er macht auch keinen Spagat. Aber er grinst und begrüßt uns so gut gelaunt wie kein Lehrer sonst.

Ich muss auch grinsen, muss an Mum denken und kann mir die Schadenfreude nicht verkneifen: ICH hab eine Eintrittskarte für seinen Auftritt. Sogar eine Dauerkarte. Und wenn ich wollte, könnte ich in der ersten Reihe sitzen!

Und dann der Clou: Unser Englischlehrer Peter lädt uns zu sich nach Hause ein.

In drei Gruppen.

"I'm afraid my flat is too small to invite all of you over at once, and anyway I don't think there'd be **enough** coffee and cake **to go around**."

enough to go around
genug für alle

Nicht nur ich bin baff, auch die anderen finden das wohl alle stark. Dann geht's um die Einteilung. Wer drängt sich in die erste Gruppe? Die verliebte dicke Gundula, die heute ihren Auftritt in geschlitztem Rock hat! Mit Schenkeln, die sie mal lieber verstecken sollte – jedenfalls nach meinem Geschmack.

Aber sie hat Pech. Peter hat wohl irgendein Einladungskonzept, denn er manövriert ein paar Mal hin und her. Am Schluss sind weder Gundula noch Jan in der ersten Gruppe.

Mir ist es so am liebsten und ich muss nur bis Dienstag warten ...

Isar-Träume

Nun ist er fast verflogen, der Konzert-Traum. Trotzdem hat er seine Folgen. Meine Tage hab ich zwar immer noch nicht – dafür flattert es wieder in meinem Bauch. Ich war mir sicher, die Schmetterlinge seien davongeflogen. Aber nun sind sie munterer denn je.

Hi Daddy, right now I'm lying at the spot where you **used to** take me to feed the ducks on the river. In those days there were never any butterflies down here. **Recently** they've been **buzzing** around me in swarms. Sometimes I manage to **shoo** them **away**. But then they just come back in even greater numbers. It's just as lovely here as it used to be, except I miss having you here. There are so many things I'd like to ask you. I know so little about 'men', if you know what I mean. I also know hardly anything about falling in love and how to **fall** back **out of love**. I can't ask my best friend Tini. She understands even less about these things than I do. Barbara's **no use**, she's really **childish** – at least in my dreams she is. The one person I'd really like to ask probably thinks I'm childish. The best thing would be for me to just jump into the Isar. That would be the answer to all these problems.
Your daughter

he used to do sth er hat früher häufig etw getan
recently in letzter Zeit
to buzz summen
to shoo away verscheuchen
to fall out of love sich entlieben
to be no use es nicht bringen
childish kindisch

just as well
nur gut, dass

P.S. This is the longest text message I've ever written – **just as well** I've got a flat rate.

Bin nicht gesprungen. Hab nur Kiesel ins Wasser geworfen und beobachtet, wie sie Ringe machen.
Der Gedanke, demnächst in die Wohnung von Peter Hill zu kommen, macht mir Herzklopfen. Dann kann ich sehen, wie er lebt. Was er für einen Geschmack hat. Außerdem bin ich mir nicht sicher, ob er nicht doch eine Freundin hat. Vielleicht führt er uns an der Nase herum, statt uns sein Privatleben auf die Nase zu binden?
Ich werd mir alles genau angucken ... und meiner neugierigen Mum nichts, absolut nichts verraten!

VORFREUDE

Warten. Ewig warten ...
Ich kann mich auf nichts mehr konzentrieren. Wieso ist diese Einladung so wichtig?
Ständig geht mir der Konzert-Traum durch den Kopf. Seitdem sehe ich sowohl Peter als auch Barbara mit völlig anderen Augen. Es war zwar nur ein Traum, aber so hab ich sie noch nie erlebt. Und Mum sieht mich seither auch mit anderem Blick an – dabei weiß sie gar nichts von dem Traum.
Neuerdings hat sie eine neue Strategie: Sie fragt mich nach jedem Einzelnen in der Klasse aus. Sie will haarklein wissen, wie ich diesen und jenen finde. Ich hasse diese Ausfragerei. Gestern Abend hab ich den Spieß umgedreht.
"Was findest du denn an dem Hill so besonders?", hab ich sie gefragt.
Sie hat mich fast erschrocken angeschaut. Dann ist sie zuerst an den Kühlschrank. Dann musste sie noch aufs Klo. Und dann sagt sie doch glatt:
"Reden wir lieber über was anderes."
"Kannst du haben", war meine Antwort und urplötzlich hat es mich gejuckt: Ich hab angefangen, ihr in allen Einzelheiten zu erzählen, was mich an Peter Hill begeistert.
Ihr Glas war ruckizucki leer und ziemlich bald hat sie mich unterbrochen: "Das klingt ja so, als wärst du bis über beide Ohren in den Herrn Hill verliebt?"

“Nicht nur bis über die Ohren”, rutschte es mir raus, während Mum sich schon das nächste Glas einschenkte.
“Das sind ja tolle Aussichten! Und wie willst du dich da auf den Unterricht konzentrieren?”
“Will ich ja gar nicht!”, musste ich sie provozieren.
Mum blieb die Spucke weg. Ich sah, wie es in ihr arbeitete. Ich spürte auch, dass sie liebend gern noch etwas gesagt hätte. Stattdessen kam das nächste Glas dran und ich zog es vor, mich ins Bett zu verziehen ...

GESTÄNDNIS

Dear Peter,
I promised myself I wouldn't write you any more letters. But I'm **forced** to do so by **extraordinary circumstances**. My mother found out from me today about my feelings for you. Now she's **making a big deal** about this, because **she's** a single mother and **a terrible worrier**. Also, she's probably jealous. She'd like to fall in love herself, and now she finds out that for the first time her daughter is ...
By the way, we were at a concert. I knew one of the guys in the band, but I didn't realize he could sing and play guitar so well. I was really impressed by him, and so was my mother. You know this person very well, because he's from Liverpool. Can you guess who?
We'll need to meet alone if I'm going to explain to you what's been going on with me, with my Mum and in my dreams. Well, at least we can start with the group meeting at your place.
Before I write even more **nonsense**, I'm putting this letter in an envelope. I'll have it **delivered** to you secretly tomorrow. You will be able to **cope** with this, won't you?
Regards from your **admiring** student, Hannah Bloom

to be forced to do sth gezwungen sein, etw zu tun
extraordinary circumstances außergewöhnliche Umstände
to make a big deal viel Aufhebens machen
She is a terrible worrier. Sie macht sich ständig Sorgen.
nonsense Unsinn
to deliver überbringen
to cope with sth mit etw fertig werden
admiring bewundernd

Unterricht in Englisch und Lügen

Liebes, treues Tagebuch! Sag mir bitte, wo der Brief an den Mann ist, der da vorne wieder seine Show abzieht. Ich erinnere mich genau, wie ich ihn heute Morgen in meine Schultasche gesteckt hab (nicht den Mann, sondern den Brief!). Barbara hat noch gefragt, was ich da so sorgfältig einpacke.
Bevor ich losging, musste ich unbedingt noch mal ins Bad, um meine Haare und meine Lippen zu kontrollieren, weil ich seit einigen Tagen Eitelkeitsanflüge habe. Als ich wiederkam, war Barbara schon an der Tür. Kurze Verabschiedung und abgerauscht mit den Worten:
"Have fun in English class!"
War das ironisch gemeint oder wie?
Auf dem Schulweg bin ich prompt Jan und seiner Freundin aus der Zehnten in die Arme gelaufen. Sie sieht eher aus, als wäre sie seine Schwester, eigentlich ganz sympathisch. Er guckt mich demonstrativ nicht an. Oder ist es ihm peinlich, wenn ich ihm mit seiner Freundin begegne? Jedenfalls ist mir dabei die Tasche aus der Hand gerutscht und auf den Boden gefallen. Megapeinlich für mich.
Und nun überleg ich, ob dabei der Brief aus der Tasche gefallen ist??
Damn, why is this English teacher looking right under my desk???

Inzwischen sitze ich auf dem Schulklo und muss mich beruhigen: Der Brief ist wieder da!

Alles der Reihe nach: Ich hab ja gesehen, wie er ein paar Mal unter meinen Tisch geguckt hat. Wie er mich, während er was über die Royals erzählte, umkreiste, immer wieder guckte und zögerte. Hat mich ganz nervös gemacht. Als er dann plötzlich auf mich zusteuerte, wusste ich sofort: Jetzt wird's kritisch! Erst hat er mich schelmisch angeblinzelt. Dann hat er eine Bewegung mit dem Kopf gemacht, die bedeutete: Hannah, look what's under your desk!

to belong to sb
jdm gehören

Ich stand auf der Leitung. Ich hätte dringend ein Schmetterlingsnetz gebraucht, damit er nicht merkt, was da alles aus mir rausflattert. Mich traf fast der Schlag, als er direkt vor mir niederkniete ... einfach weiterredete und direkt unter mir nach irgendwas griff! Die um mich herum haben es mitgekriegt, logo. Er hob was vom Boden auf, lächelte mich an, hielt mir den zusammengefalteten Brief vor die Nase und flüsterte: "Would you like me to put this in the bin for you?"

Wenn ich je in meinem Leben errötet bin, dann jetzt ... tiefkarminblutrot.

"It doesn't **belong to** me", hörte ich mich sagen.

"In that case, it belongs to me", gab er frech grinsend zurück.

Es waren nur Sekunden. Sekunden des Erschreckens. Dann legt er den Brief wortlos auf meinen Tisch und referiert weiter über die Royals, als sei nichts geschehen. Er hatte ihn in der Hand! Er hätte ihn auseinander falten können und dann wäre alles aufgeflogen ...

IM CAFÉ

Schule aus. Alles aus?
Natürlich hat mich Gundula in der Pause angequatscht und gelästert: Mit was für kindischen Tricks ich mich an den Hill ranmache! Ob mir nicht aufgefallen ist, dass die ganze Klasse schon über mich redet?
“Nein, du Läster-Smartie, mir fällt was völlig anderes auf!”
Logo, dass gelästert, geunkt und getuschelt wird. Aber da halt ich mich raus. Da war ich noch nie dabei. Falls die allerdings wirklich was mitbekommen haben, dann bleib ich zu Hause, dann geh ich nicht zu der Einladung!
Ich hab Tini um Rat gefragt, doch die ist auf einer andern Spur, da in Wuppertal. Fährt Schwebebahn, weil man da drin so ein irres Gefühl beim Flirten hat … keine Ahnung, was sie damit meint. Mehr abheben als ich kann man eh nicht!

Von Daddy kam ‘ne lange SMS:

loving liebevoll
mentality Mentalität
relaxed entspannt
for sb's sake jdm zuliebe

Hi darling, do you know what's going on with Barbara? She thanked me this evening for having given her such a **loving** introduction to the English **mentality**. She'd finally like to have a more **relaxed** relationship with me – particularly **for your sake**. She said I really need to pay more attention to you. She said you've been very **withdrawn** and unhappy recently. At the end she said something that I'd better not repeat. Is it possible that Barbara has started drinking more heavily again, you know what I mean? Talk to you very soon, love and big hug, Dad

withdrawn
zurückgezogen

Rätselhaft. Das mit dem Trinken stimmt. Da misch ich mich aber nicht ein. Sie kriegt sich schon wieder ein. So richtig schlimm war's bis jetzt erst einmal, kurz nach der Trennung von Dad. Aber das mit dem besseren Verhältnis zu Dad klappt garantiert nicht. Das ist gelaufen zwischen den beiden. Mum hat keine Achtung vor Daddy. Und er ist zu alt für Mum, weil sie so kindisch ist. Das weiß ich schon lange, nur Dad bekommt das vielleicht in den falschen Hals.
Ich antworte erst mal nicht.

VORFREUDE

Besuchstag. Ich bin so aufgeregt. Hab eine Stunde überlegt, was ich heute Nachmittag anziehe. Zwischendurch hab ich mir den Brief noch ein letztes Mal durchgelesen und dann eine Vernichtungsaktion gestartet: Schnitzelschnitzel ... aber diesmal ins Klo. Die landen wahrscheinlich auch irgendwo in der Isar. Hauptsache, Mum kriegt ihn nicht in die Finger.
Soll ich, muss ich ihm was mitbringen? Irgendwas zum Naschen? Blumen? Nee!!
Meine größte Sorge: Wenn wir uns so privat begegnen, passiert mir vielleicht, dass mir das *Peter* rausrutscht. Dann bin ich erledigt!

Inzwischen war ich unter der Dusche. Das hilft aber auch nichts, bringt mich nur noch mehr durcheinander: Fantasien, die ich nicht aufschreiben kann.
Warum bin ich so anders als die anderen? Warum??
Wenn ich vor dem Spiegel steh, seh ich mich irgendwie ganz neu. Mir ist nie so aufgefallen, was ich für Lippen habe. Ob ich sie glänzender machen soll?
Und die Haare? Offen? Pferdeschwanz? Hochstecken?
Und meine Augen? Ich versuche, mich selbst im Spiegel ganz intensiv und konzentriert anzugucken. Aber da passiert meistens was Unheimliches: Ich sehe *seine* Augen!

I see your eyes, Peter!
No! I see your eyes, Mr Hill!

Der Besuch

Mein liebes, vertrautes Tagebuch: Ich bin total groggy. Völlig erledigt.
Ich kann nichts essen. Ich kann mich nicht mehr ausziehen. Ich werde mich keinesfalls waschen.
Eigentlich wollte ich als Erste da sein. Aber dann war ich so nervös und hab noch eine Extrarunde im Englischen Garten gedreht. Dabei hat mich ein Typ verfolgt, der mir vor ein paar Tagen schon einmal aufgefallen ist. Er wohnt ein paar Häuser weiter, jedenfalls hat er da sein Bike abgestellt.
Schließlich war ich so spät dran, dass ich mich fast nicht getraut habe zu klingeln.
Und wer macht auf? Eine aufgetakelte Gundula! Bauchnabelfrei, affig geschminkt und mit einer Parfumfahne, die man bis nach England riecht. Hat sie's also doch noch geschafft, sich in die erste Gruppe zu schmuggeln!
Sie grinst und streckt mir die Zunge raus. Grade will sie was sagen, da taucht hinter ihr Peter auf und schmunzelt so süß wie nie:

seating Sitzgelegenheit
to sb's taste nach jds Geschmack

"Well, here comes the early bird! Welcome to my flat, the buffet is in the kitchen, **seating** is on the floor, the toilet is back there to the left, better not to enter the room across from it, I only serve alcohol in the evening, and I'm not sure if the music is **to your taste**."
So ähnlich oder noch länger war seine Begrüßungsrede. Danach hab ich den Überblick verloren … zu viele Ein-

drücke gleichzeitig. Zuerst galt es, Gundula zu verkraften. Ständig hatte ich ihren prallen Busen oder ihren gepiercten Bauchnabel vor der Nase. Die andern quatschten und lachten deutlich über Zimmerlautstärke. And Mr Hill?

Er war ungeheuer bemüht. Er suchte das Gespräch. Er war locker drauf. Und trotzdem war er anders als in der Schule. Auch wenn er mich anschaute, sah ich was in seinen Augen, was ich von mir kenne: irgendwas Gehemmtes, das die anderen wahrscheinlich kaum wahrnehmen.

Liebes, geheimes Tagebuch, ich verrate es nur dir: I LOVE HIS EYES!

Und noch was anderes: Ich habe den Geruch der Wohnung mitgenommen. Ich hab nichts geklaut. Er hat auch nichts von mir angefasst. Trotzdem ist es so, als sei sein Geruch mit hierhergekommen – keine Ahnung, wie das geht.

Das andere alles ist fotografiert, mit meinen Augen auf eine Festplatte gebannt, die ich in mir trage und die nie wieder gelöscht werden kann:

Es stehen sehr viele Bücher bei ihm rum, in manchen Regalen ziemlich chaotisch.

Überall liegen exotische Steine, Schnecken und Muscheln.

CDs hat er reichlich, manches, was er aufgelegt hat, klang ziemlich schräg – aber es passt zu ihm.

Die Einrichtung ist cool modern – so könnte ich mich auch einrichten.

Eigentlich hätte ich dringend auf die Toilette gemusst und ich hätte gern sein Bad gesehen – ich hab's mir trotzdem verkniffen, weil es mir peinlich war. Gundula hat da keine Hemmungen und lässt es fröhlich plätschern.

Das Schlafzimmer war natürlich tabu. Leider. Oder vielleicht auch besser so. Dafür hat er uns gezeigt, wo er uns unsere Zensuren gibt – das hat mich auf eine verrückte Idee gebracht!

Leider war alles viel zu schnell vorbei.

washing up Abwasch
dishwasher Geschirrspüler
vacuum cleaner Staubsauger
to forgive (forgave, forgiven) verzeihen

Einige sind früher abgezogen und bei einer hab ich gleich gemerkt, dass sie sich was vorgenommen hat:

"I'll do the **washing up**, Mr Hill, okay?"

"That's alright, Miss Gundula. Miss **Dishwasher** will take care of that."

"Then at least let me clean things up a bit!"

"I leave that to Mr **Vacuum Cleaner**, Miss Gundula."

"And what about the empty bottles and bags?"

Es hat alles nichts genützt, nicht mal eine letzte Busen-Vorführung beim Schuheanziehen – fast wären ihr die Dinger rausgefallen aus ihrem Knapp-Top.

Und genau in diesem Moment haben wir uns angeguckt, Peter und ich, länger als je zuvor. Und es war so intensiv und so viel stilles Verstehen darin – das kann ich niemandem erklären.

Dann war ich draußen und Gundula mit mir. Kein Wort konnte ich sagen. Und zum ersten Mal hat es auch Gundula die Sprache verschlagen, warum auch immer.

Dear Peter,

Please **forgive** me! Please forgive me! I'm sending you a message that is for your eyes only: I've done everything

to suppress unterdrücken
to torture quälen
fault Schuld
after all schließlich
voluntarily freiwillig
it's up to you es ist deine Entscheidung
to share teilen
intimate intim
magical magisch
combination Kombination
to equal gleichen
to hit on sb jdn anbaggern
certain gewiss
to long to do sth sich danach sehnen, etw zu tun

I could to **suppress** it. I've **tortured** myself for days trying to end it. Trying to end it with you. But I don't feel it's my **fault**. **After all**, I didn't ask you to come to Munich and to our school. You came **voluntarily** and you also could have refused to teach our class. Now **it's up to you** how you deal with it. Because I'll let you in on something: these four hours of English per week are not enough for me. I'm also fed up **sharing** you with the others. I'd like to talk to you. I have so many questions I want to ask you. And I'd also like to tell you things about myself. I'd like to show you the places in Munich that mean a lot to me, the places where special things happened to me. For example, we could take a walk along the Isar. The river knows a lot about me. I've told him my most **intimate** secrets.
You'll probably say: "Hannah, but you're only fourteen!" Then I'll say: "Peter, you're only twenty-eight!" Don't you see, that's a **magical combination** of numbers? Twenty-eight divided by fourteen **equals** two! Isn't that amazing? We met because there's something special between us. I've had this feeling for a long time: We know each other from an earlier time. And we've met because we're meant to experience something together.
Don't worry, I'm not thinking about very intimate things. I'm not going **to hit on** you like a **certain** Miss Gundula. Still, I **long to** see you.

(Ent-)Täuschung

Das Leben kann so gemein sein!
Da war ich so froh, weil Barbara heute Nacht-Dreh hatte und ich ihr nichts erzählen musste. Morgens komm ich aufgeregter denn je in die Schule und erfahre schon im Flur: Englisch fällt heute aus, weil Mr Hill krank ist. Hat der Arme vielleicht unseren Besuch nicht verkraftet? Dann die nächste Überraschung: Ich steh noch unentschlossen da unten im Flur herum und überlege, ob ich auch krank werden soll, da kommt Jan mit seiner Dauerbegleitung direkt auf mich zugesteuert. Ich bin völlig perplex und hätte mich am liebsten in Luft aufgelöst.
“Hallo, wollte sie dir schon länger vorstellen”, sagt Jan und kann mich dabei nicht anschauen.
“Janina”, sagt das Mädchen aus der Zehnten und so aus der Nähe sieht sie Jan noch ähnlicher.
Nun bin ich die, die nicht länger gucken kann, und die Situation ist echt peinlich. Zum Glück tönt der Schulgong und der Direktor kommt um die Ecke.
“Mein Bruder ist froh, dass so eine wie du in seiner Klasse ist”, sagt diese Janina im Weggehen. “Bis bald mal.”
Da stehen Jan und ich und der Direktor kommt direkt auf uns zu: “Ihr zwei wisst wohl nicht, wohin ihr gehört?”
“Doch”, murmelt Jan.
“Doch”, murmele ich genau synchron und wir schleichen uns Richtung Klassenzimmer.
“Typisch ältere Schwester”, sagt Jan verlegen. “War echt nicht abgesprochen.”
Ich nicke nur – in meinem Kopf ist ein einziger Wirrwarr.

VERHÖR – ODER WAS?

Mum, meine Mutter Barbara Bloom, ist am Mittag ausnahmsweise zu Hause. Sie liegt im Bett und ist fix und fertig von ihrem Dreh.

Ich dreh fast durch, weil sie so neugierig ist: Alles, jede Kleinigkeit will sie von dem Besuch bei Peter wissen. Sie kann's einfach nicht akzeptieren, wenn ich mal meine Ruhe oder ein Geheimnis haben möchte.

hunter Jäger
gatherer Sammler
thrill of the chase Jagdlust
gene Gen
instinct Instinkt

Weshalb ist es ihr so wichtig zu wissen, was ich sympathisch oder positiv oder angenehm oder lieb oder oder oder ... an ihm finde? Sie fragt so lange, bis ich davonrenne. Per Handy melde ich, dass sie heute Nachmittag auf mich verzichten muss. Interessanterweise kam kein Protest – Erklärung später!

Erst mal muss ich mir dann den Typen von gestern vom Leib halten. Er beobachtet mich beim Simsen, als ich noch in der Nähe von unserem Haus stehe. Er bleibt die ganze Zeit auf der anderen Straßenseite, ich merke aber genau, wie er mich fixiert und dann immer parallel den gleichen Weg Richtung Isar geht. Erst nachdem ich drei Mal die Richtung gewechselt habe, wird es ihm wohl zu blöd und er verschwindet.

"Men are **hunters** and **gatherers**. The **thrill of the chase** is in their **genes**", erklärt mir Dad am Telefon und ich komm mir vor wie eine Steinzeitbraut. "When I was younger I also felt the same **instinct** in me. Later, I found this a bit **embarrassing** and I **made an effort** to keep it under control. Although, there are still quite a few women that want to be conquered like that."

"And **vice versa**?" What if a female wants to hunt and **capture** a male?"

"Are you talking about yourself, my dear?"

"Ich bin ein Tier, sag ich dir. Ich steh hier voller Gier und wünsche mir das gleiche Tier", gebe ich zur Antwort.

"Hannah, ist was?", kommt es besorgt zurück.

Zum ersten Mal seit Langem redet Dad wieder Deutsch mit mir – ein sicheres Zeichen, dass er verunsichert ist.

"Hannah?!", fragt er ein zweites Mal.

Ich bin auch verwirrt, weil ich solche Sätze bisher selber noch nicht von mir gehört habe.

"Hannah, wo bist du gerade?", fragt mein Vater besorgt.

"I'm near the Isar", beruhige ich ihn. "Mum is chasing me with questions. Some young guy who lives near us is chasing me on his bike, and at night I'm chased by black moths."

"Are you suffering from a **persecution complex**?", fragt er besorgt.

"Ja", erwidere ich, "ich bin ein Krebstier, das ein anderes Krebstier verfolgt. Meinst du, dass ich dadurch vermännliche?"

"Have you been drinking?", kommt es noch besorgter.

"Noch nicht, Daddy", beruhige ich ihn und beende das Gespräch.

embarrassing peinlich
to make an effort sich bemühen
vice versa umgekehrt
to capture erobern
persecution complex Verfolgungswahn

GEMEINHEIT

Als ich nach Hause gehe, werde ich nicht verfolgt – aber mich verfolgen tausend Fragen: Wie war das damals zwischen Mum und Dad? Wie sind die beiden sich näher gekommen? War Daddy wirklich der Jäger? Wie lange musste er Mum jagen, bis er sie 'erlegt' hat? Was hat sie sich gewünscht? Wollte sie erst nur reden und sich austauschen? Hatte Mum solche Tricks drauf wie Gundula? Bestimmt nicht so primitive. Hat sie sich auch geschminkt und ans Küssen gedacht? War sie dann initiativ, weil es ihr zu lang gedauert hat? Oder wollte sie ihn zappeln lassen? Jagen ist doch sicher langweilig, wenn der Hase dem Jäger freiwillig in die Arme springt.
Jan Jochen Jäger ... Wie kann man nur so heißen und gleichzeitig so schüchtern sein?

So geh ich nach Hause und fasse einen Entschluss: Ich werde Mum ausquetschen! Und das nächste Mal, wenn Daddy endlich mal wieder in München ist, werde ich bei ihm den Kontrolltest machen. Dann muss er aus der Intimkiste plaudern. Das gehört doch zur Aufklärung, oder?
Aber dann komme ich in den Genuss einer ganz anderen Aufklärung: Ich betrete die Wohnung, gehe zuerst in die Küche, um was zu trinken ... da seh ich die offene Weinflasche und den Korkenzieher daneben. Die Flasche ist halb leer und aus dem Wohnzimmer tönt laut Musik – klingt wie von den Beatles.

Ich will mit der Stimmung nichts zu tun haben und überlege, ob ich mich in die Badewanne verziehen und da meine Hausaufgaben machen soll, da taucht Barbara auf. Mit einem Glas in der Hand und diesem künstlichen Lächeln, das ich nicht ausstehen kann.
"Wir müssen mal miteinander reden, mein Kind!"
Mein Kind! Was ist das denn plötzlich?
"Ich mach mir Sorgen um dich!"
Sie macht sich Sorgen um mich? Wenn ich sie so sehe, mach ich mir Sorgen um sie!
"Ich hab mit deinem Klassenlehrer telefoniert."
Klassenlehrer? Besser mit dem als mit Peter Hill!
"Und ich hab mir in deiner Schultasche die letzten Proben und einige Hefte angeguckt. Wieso bekomm ich eigentlich nichts zum Unterschreiben?"
"Weil du fast nie da bist! Und weil ich mit der Schule selber klarkomme!"
Barbara schluckt, und das ist nicht der Wein. Sie hat rote Wangen, als hätte sie Fieber. Und in ihrem Gesicht arbeitet es ... es liegt ihr was auf der Zunge.
"Kann ich jetzt gehen?"
Barbara schüttelt den Kopf und kommt auf mich zu: "Wir müssen reden."
"Und worüber bitte?"
"Du hast mit deinen Leistungen ziemlich nachgelassen. Du konzentrierst dich nicht im Unterricht. Alle Lehrer sagen dasselbe. Das geht garantiert schief!"
Ich schüttle den Kopf. In mir rumort es. Irgendwas ist hier faul.
Barbara wechselt den Ton. Sie bemüht sich um ein Lächeln: "Kannst du mir sagen, woran es hakt, dass dei-

ne Leistungen so abgefallen sind? Hast du Sorgen? Belastet dich was?"
Sie trickst! Sie umkreist mich, sie beobachtet mich mit blitzenden Augen ... sie jagt nach einem Geheimnis!
"Ja, dass du so viel trinkst!", sage ich.
Eine kurze schnelle Bewegung und ein Reflex in letzter Sekunde: Barbara hat versucht, mir eine Ohrfeige zu geben, und ich habe im letzten Moment den Kopf weggezogen. Nur ein Wischer, fast keine Berührung – trotzdem bin ich geschockt.
Ich renne raus. Ich schlage die Tür hinter mir zu. Ich flüchte in mein Zimmer. Ich verschließe meine Tür und werfe mich aufs Bett:
"Peter, Peter, please help me!"
Dann blitzartig die Erleuchtung: Sie war an deiner Tasche!
"Peter, I don't believe it!"
Ich springe hoch. Ich reiße meine Schultasche auf: Das Tagebuch ist im Seitenfach!
Draußen Randale. Erst noch erträglich, dann immer heftiger: Barbara rappelt an der Türklinke, verlangt Einlass!
"Peter, what should I do?", flüstere ich verzweifelt. "I think she's found out about our secret!"
Peter erhört mich nicht, gibt keine Antwort. Umso heftiger sind draußen die Bemühungen von Barbara, mit mir 'ins Gespräch zu kommen', wie sie das nennt:
"Sorry, Hannah, sorry", ruft sie und ihre Stimme bekommt was Selbstmitleidiges: "Quäl mich nicht, ich will dir ja nur helfen!"
"Hast du mein Tagebuch gelesen?!"

Keine Antwort.
"Did you read my diary?!"
Warten. Quälendes Warten und dann eine wenig überzeugende Antwort:
"Ich weiß ja überhaupt nicht, wo dein Tagebuch ist."
Plötzlich weiß ich, was ich zu tun habe. Ich nehme das Tagebuch aus der Tasche und rieche daran ... alles klar: Ihr Geruch! Ihr Parfum!
Und was noch viel schlimmer ist: Peter ist nicht mehr zu riechen!

Dear Peter,
The one thing that I **feared** most has now happened. That witch Barbara has **invaded** my most intimate space. She's been **snooping**. She's been **sticking her nose into** my **private affairs** like some kind of **spy**. Now you've got to help me. Do you know what I would like from you? **Comfort!** I'll tell you what I'd really like: I'd like you to take me in your arms! This is the first time I've allowed myself to feel this **desire**. **Up to now** the only person I've ever gone to for comfort was my daddy. But that's all over now, and anyway that guy is always **on the road** and **neglects** his daughter.
And one other thing: Please try to think of a **hiding place** for my diary!
May I **cuddle up** in your arms?
Hannah

to fear fürchten
to invade sth in etw eindringen
to snoop schnüffeln
to stick one's nose into sth seine Nase in etw hineinstecken
private affair Privatangelegenheit
spy Spion
comfort Trost
desire Begehren
up to now bis jetzt
on the road unterwegs
to neglect vernachlässigen
hiding place Versteck
to cuddle up sich kuscheln

RACHE

Nun ist Schluss mit lustig!
Mit Barbara hab ich kein Wort mehr geredet. Auch als sie mir einen Fleh-Brief hingelegt hat, bin ich hart geblieben. Ich zieh jetzt mein Ding durch oder, noch besser, ich ziehe gleich ganz aus:

respect Respekt

Hello Dad, I need you! Mum has hurt me. She did something that I will never forgive her for. I have no more **respect** for her because she doesn't respect my privacy.
Don't worry too much. I'll be okay. The main thing is, I know what I want.
Love
Hannah

Mit Tini habe ich telefoniert. Sie rät mir, hart zu sein. Sie hat das Gleiche mit ihrer Mutter erlebt: Tagebuchschnüffelei – gleich mehrmals. Ihr Trick damals, nachdem sie was gemerkt hat: Sie hat Sachen erfunden und immer weiter gesteigert … mit Anfassen und Ausziehen und dann in die Kiste: Entjungferung bis Angst vor Schwangerschaft … in allen Details … bis ihre Mutter die Panik bekommen hat.
Danach hat sie's begriffen und von da an konnte Tini ihr Tagebuch offen im Zimmer herumliegen lassen. Das würde mir bei Mum nie gelingen!
Aber ich hab jetzt eine andere Strategie: Ich bin einfach nett. Ich tu so, als sei alles in Ordnung.

Glücklicherweise hab ich Daddy noch nichts von meinem Wunsch geschrieben, lieber bei ihm zu wohnen. Das würde ja bedeuten, dass ich aus München wegmuss, denn Dad krieg ich nie wieder zurück in diese Stadt, das weiß ich genau.
Also stell ich mich allem, was ist. Auch meinem Gesicht und allem anderen, was so zu mir gehört:

Spieglein, Spieglein an der Wand,
Wer ist die Schönste und Liebste im ganzen Land?
Was?? Das ist dir unbekannt?!
Mir, Spieglein ist sie wohlbekannt!
Sie lebt gleich hier im Träumeland.
Ja, Spieglein, nun bist du sehr gespannt!
Doch gerate bitte nicht gleich außer Rand und Band
Und fall vor Schreck nicht von der Wand!
(Ich brauch dich nämlich noch!)
Denn Hannah wird die Schönste und Liebste genannt.
Hoffentlich bleibt das auch so.
Nun muss ich erst mal aufs Klo.
Hoho!

Ist mir noch zu helfen? Bin ich krank? Brauche ich einen Psychologen?
Wenn ich in den Spiegel schau, suche ich mich, suche ich das Geheimnis in mir.
Wenn ich in der Schule bin, mach ich was ganz anderes: Ich übe mich in Zurückhaltung. Ich will mich erleben, wie ich passiv bin. Ich versuche, meinen Englischlehrer nur anzusehen, wenn er mich direkt anspricht.

Gundula habe ich in Luft aufgelöst: Ich seh sie nicht, ich weiß nicht, was für Klamotten sie trägt. Selbst ihre Ballons sind Luft für mich ...

Mit Jan ist es etwas anderes. Er ist selber so zurückhaltend. Manchmal mach ich mir Sorgen um ihn. Er ist in der Klasse ziemlich isoliert und überhaupt kein Cliquen-Typ – da sind wir uns ziemlich ähnlich.

Eigentlich weiß ich nicht mehr, was ich will.

Horror-Traum

Wieso werde ich so gequält? Warum quäle ich mich selbst?
Was ist das mit den Träumen: Nachtgespinste? Verarbeitung des Alltagsschrotts? Oder etwa doch ein Blick in die Zukunft?
Liegt es an Peter oder liegt es an Dad, dem ich mich wieder viel näher fühle? In letzter Zeit träume ich fast nur noch auf Englisch:

I'm sitting in school, in English class, of course, and my mobile **vibrates**. Although he's at the top of the class reading out an article from an English newspaper, I think – I hope – that the text message is from Peter. First of all I **consider** whether I should just read it right here, but then I decide to go to the toilet.
Outside in the corridor I bump into the principal, who's in an incredibly good mood. How nice to meet me **on my own for a change**! He's been hearing such positive things about me... Mr Hill has been **singing my praises** ... He must **be** totally **besotted by** me ...
He is very proud that such a good relationship should **develop** between a teacher and a student in his school ... It would be great if I could write a full article about our relationship in the next school magazine ... The ar-

to vibrate vibrieren
to consider überlegen
on one's own allein
for a change zur Abwechslung
to sing sb's praises jdm ein Loblied singen
to be besotted by sb in jdn vernarrt sein
to develop entwickeln

ticle should also **include** intimate details ... After all, **Bavaria** is a liberal state...
In the toilets I get the next surprise: the text message is from the **executive producer** of the film company where Barbara works. He wants me to **contact** him immediately about an important matter!
I'm dizzy with shock. Has something happened to Mum? I call him back and the executive producer explains, that he wants me to come into the film studio immediately, that he needs me for an important job!
I consider what I should do: Should I go back up to class, grab my things and **ask to be excused**? Or should I just disappear?
I decide on **the latter** and I make it into the film studio **in no time**. The first thing I do is ask where Mum is. I'm told that she's in a **casting session** and therefore not **available**. I'm **relieved** to hear that, but then the executive producer comes running over to me: he wants to know if I could **take over** as assistant director on the next film. Or would I prefer to play one of the **supporting roles**? Barbara Bloom would be taking over as **director** and she **urgently** needed someone she could trust at her side!
I nearly fall over with astonishment. It's true that I know a lot about film-making, because Mum is always telling

to include beinhalten
Bavaria Bayern
executive producer Produktionsleiter
to contact sb mit jdm Kontakt aufnehmen
to ask to be excused sich entschuldigen lassen
the latter Letzteres
in no time im Nu
casting session Casting
available ansprechbar
relieved erleichtert
to take over übernehmen
supporting role Nebenrolle
director Regisseur(in)
urgently dringend

me about her work. But it's highly **unlikely** that that's enough for this job. I ask him for some time to think about it, but the producer is **pressuring** me to make a quick decision. He tells me that this is my big chance to break into the film industry. What's more, this film will have a **major** star in the **leading role**.
Even though I have no idea how I'm going to arrange this with the school, I agree. After all, you can't simply **let an opportunity** like that **slip away**. A moment later the boss of the film company is standing in front of me holding a **contract** under my nose. Then the production manager arrives to take me to the studio. They want me to start straight away!
Then comes the big shock! Mum is standing there with red cheeks, hardly even says hello to me, and is clearly very embarrassed. An assistant comes over smiling and hands me the **script**, which seems very thin: the story hasn't been finished yet, they're working with an open end …
At the same moment it suddenly becomes **pitch dark** in the studio. Mum gives the final **directions** to the cameraman and then she shouts in a loud and excited voice:
"Camera, Action!"
It's still dark in the studio and suddenly I hear Mum's voice whispering next to my ear: "Watch this, here he comes, the hero of my story … he's just perfect for this part!"

unlikely unwahrscheinlich
to pressure unter Druck setzen
major groß
leading role Hauptrolle
to let an opportunity slip away sich eine Gelegenheit entgehen lassen
contract Vertrag
script Drehbuch
pitch dark stockfinster
directions Anweisungen

door handle Türklinke
to stream strömen
outline Umriss
slow motion Zeitlupe
to hover schweben
to embrace umarmen
to spin (spun, spun) in circles sich im Kreis drehen

Then I hear the sound of a **door handle** turning. In the background a door slowly opens. Light **streams** in from the next room. I can only make out the **outline** of a male figure. My heart is beating, because everything is so exciting and seems to be moving in **slow motion**. Someone turns on the lights and I hear Mum's voice:
"Finally you're here!"
She **hovers** over towards the man, who enters the room looking embarrassed. It seems that Mum is also the leading actress, because she opens her arms wide … And then I realize what's happening:
Peter Hill opens his arms to **embrace** her.
Suddenly everything around me starts to **spin in circles**. My knees turn to jelly. I faint …

Der Verfolger

Wie man mit so einem Traum umgeht, weiß ich nicht. Ich kann nicht darüber reden. Ich kann ihn auch nicht abschütteln. Die Bilder und Szenen verfolgen mich.
Leider ist es nicht nur der Traum – es gibt auch noch einen anderen Verfolger:
Er ist mir ja schon öfter aufgefallen und ich hab versucht, ihn einfach nicht zu sehen. Heute aber ist es passiert und ich ärgere mich immer noch über mein blödes Verhalten.
Ich will zur Isar. Mit dem Rad und ganz allein. Im Kopf und auch sonst. Ich habe sogar das Tagebuch zu Hause gelassen. Keine Erinnerungen, keine Wünsche, keine Träume. Nur ans Wasser ...
Schon als ich bei uns losfahre, hab ich ein mulmiges Gefühl. Auf dem Weg zur Isar komme ich normalerweise an dem Haus vorbei, in dem er anscheinend wohnt – jedenfalls steht sein Bike meistens da. Ich habe mir schon abgewöhnt, immer zu gucken, ob oder ob nicht. Ich bin auch längst vorbei ... da fühle ich mich verfolgt. Ich sehe mich kurz um: Tatsächlich, er ist hinter mir! Mindestens zwanzig Meter. Zum ersten Mal auf der gleichen Straßenseite ...
Ohne groß nachzudenken, biege ich an der nächsten Straßenecke rechts ab. Dann noch mal und noch mal ... zum ersten Mal auf diesem Umweg zur Isar. Dann kann ich nicht anders. An einer roten Ampel muss ich mich umschauen: Ja, er ist immer noch da. Im gleichen

Abstand. Auch wartend, obwohl dahinten gar keine Ampel ist!
Ich bei Grün wieder los, voll in die Pedale und mit Herzklopfen, auf das ich gern verzichten würde. Ohne mich umzusehen, fahre ich jetzt direkt zur Isar, runter zum Uferweg, wo ich kurz überlege, ob ich zu Fuß oder mit dem Rad weitersoll. Ich entscheide mich für einen Kompromiss: Ich gehe zu Fuß, aber ohne auf mein Fluchtfahrzeug zu verzichten.
Wie um nach Hilfe Ausschau zu halten, suche ich das andere Ufer ab: Vielleicht, vielleicht kommt ja noch einmal Jan vorbei und entdeckt mich diesmal?
Nein, es ist Constantin Maximilian, der schon bald neben mir steht:
"Man kann seinem Schicksal nicht entkommen", sagt er grinsend. "Hallo, ich bin ..."
Was für ein Name! Was für ein breites Grinsen! Was für eine Selbstgefälligkeit!
"Du kannst mich auch Conny nennen", fügt er hinzu, lässt sein Bike zur Seite kippen und macht Anstalten, sich niederzulassen.
Was, bitte, veranlasst mich, dasselbe zu tun? So, als hätte er es von mir verlangt, lege ich auch mein Rad zur Seite, zögere kurz ... und dann sitzen wir nebeneinander am Ufer. Ich ziemlich verschüchtert. Er, groß gewachsen, fast schon männlich, mit tiefer Stimme, intensivem Blick aus tiefbraunen Augen und ungeheuer selbstsicher.
"Wollte dich schon lange mal kennenlernen", sagt er mit Grinsemund und einem Blick, dem man kaum entgehen kann.

"Ich dich nicht", fällt es mir aus dem Mund – ganz ohne Grinsen.
Ihm scheint es egal, denn er beginnt zu reden: Über mein Aussehen. Über seinen Mädchengeschmack. Über seinen Instinkt. Über sein Edel-Bike. Über den warmen Spätsommer. Über das Zusammensein ganz ohne Absichten, ganz ohne Hintergedanken ...
Ich höre zu. Ich höre weg. Ich denke an die Regisseurin Barbara Bloom und ihren attraktiven Hauptdarsteller Peter Hill. Ich denke an die Schülerin Hannah Bloom und ihren ungemein attraktiven, charmanten, süßen Englischlehrer Peter Hill. Ich sehe ihn an, diesen Constantin Maximilian, und er kommt mir älter vor als Peter, obwohl er wahrscheinlich höchstens siebzehn ist.
"Ich würde dich gern näher kennenlernen", sagt er. "Ganz ohne Verlangen!"
Ich weiß nicht, was er meint mit diesem Wort. Gleich ins Gebüsch oder unter die Decke? Ich geh nicht darauf ein. Ich sag ihm nur, dass ich gehen muss, weil ich eine Verabredung habe.
Constantin Maximilian guckt mich ungläubig an. Sein Grinsen ist verschwunden. Ob er mich noch begleiten darf, fragt er fast höflich.
Ich sage: "Nein!", steige aufs Rad und ergreife die Flucht.
Erst oberhalb der Isar sehe ich mich um: Ja, natürlich, er ist hinter mir her. Allerdings mit größerem Abstand als sonst.
Dann soll er sehen, was passiert: Hannah Bloom fährt zu Peter Hill! Sie fährt auf direktem Weg zu ihm nach

Hause. Sie will ihn sehen, jetzt und sofort ... egal welche Rolle er dann spielen wird.
Kurz darauf stehe ich tatsächlich vor seinem Haus, noch viel aufgeregter als bei der Einladung. Ich will gar nicht mehr wissen, ob dieser Conny noch in der Nähe ist. Ich lehne das Rad gegen die Wand, gehe zur Haustür, starre auf das Namensschild, das immer noch ein aufgeklebtes Stückchen Papier ist, und drücke ... neben die Klingel. Ich flehe: Komm jetzt raus und erwisch mich hier! Frag mich, was ich hier will!
Ja, Hannah Bloom spinnt! Sie hat alles ausgeblendet, was andere Vernunft nennen. Sie will ihn richtig kennenlernen: Mit Hintergedanken. Mit Absichten. Mit Verlangen!
Er ist nicht gekommen. Er hat auch nicht aus dem Fenster geschaut. Er hat mich darben lassen ...
Als ich traurig von dannen fuhr, war auch mein Verfolger weg.

Die Verfolgerin

Den Constantin Maximilian kann ich vergessen.
Den Jan will ich vergessen.
Den Peter müsste ich vergessen – doch das ist unmöglich!
Ich schleiche durchs Schulhaus und lauere ständig auf eine Begegnung. Ich gehe ganz dicht am Lehrerzimmer vorbei, um eventuell zu sehen, wo er sitzt und mit wem er redet — immerhin gibt es sehr attraktive, sehr junge Referendarinnen an unserer Schule!
Ich weiß genau, wann er Aufsicht hat. Ich hab mir fast komplett seinen Stundenplan zusammenspioniert. Ich plane noch was ganz anderes – das muss ich aber noch perfektionieren: Es geht darum, möglichst schnell und glaubwürdig in den Schulleistungen nachzulassen!
Doch dann dies:
In der letzten Stunde Englisch. Ich tue desinteressiert. Ich versteh einiges nicht. Meine mit Englisch geladenen Gehirnzellen haben Störungen, haben Ausfälle. Einige in der Klasse schauen mich an, als müsse man sich Sorgen um mich machen.
Auch mein Lehrer beobachtet mich mehr als früher. Manchmal lächelt er kurz. Mal flackern seine Augenlider so, als wolle er mir heimlich zuzwinkern. Dann kommen wir irgendwie auf Horoskope, auf Sternzeichen ... Peter Hill liest jemandem das Tageshoroskop vor:

"Today is a difficult day for you. Your moon is in the **shadow** of Saturn. You have difficulty expressing your feelings. The person dearest to you doesn't understand what you really want from them."
Das ist der Anstoß, das ist der ultimative Kick! Ich muss noch sämtliche anderen Sternzeichen über mich ergehen lassen:
"Aries, Taurus, Gemini, Cancer, Leo, Virgo, Libra, Scorpio, Sagittarius, Capricorn, Aquarius, Pisces."
Dann kommt die Frage an den Krebs da vorne am Overhead-Projektor – ausgerechnet von der, deren Outfit und Fülle ich konsequent übersehe:
"Mr Hill, can you tell us when your birthday is?"
"Sure, the third of July", erwidert er schmunzelnd. "Any other **personal** questions?"
Ich hab viele, doch leider bin ich sprachlos: 3. Juli … das ist auch mein Geburtstag!
Peter Hill and Hannah Bloom not only have the same star sign, but they were even born on the same day! They're not quite in the same age group, but that doesn't matter. That makes things all the more interesting. And now I know why I often feel so connected to him. I know quite a bit about **astrology**, from talking to Dad and from a book I read once.
Die Stunde geht zu Ende und ich weiß, dass ich handeln muss. Ich tauche ab unter meinem Tisch und gehe auf Suche nach meinem Ohrring (ich trage gar keinen!). Ich krieche über den Boden und beobachte zwischen den Tisch- und den Stuhlbeinen, wie ein Menschen-

shadow Schatten
personal persönlich
astrology Astrologie

bein nach dem anderen den Klassenraum verlässt. Nur die zwei in Jeans und sehr eleganten Wildleder-Slippern (ungefähr Größe 44) stehen noch vorne am Pult – wie angewurzelt.
Ich suche weiter verzweifelt nach den Ohrringen (die ich nicht finden kann) ... dann endlich kommt Bewegung in die Beine: Sie bewegen sich weg vom Pult. In meine Richtung. Sie kommen direkt auf mich zu!
Herzbubbern und mehr. Tief, tief durchatmen ...
"What are you doing under your desk, Hannah?"
Was für eine Stimme! Was für ein Wohlklang – ganz anders als im Unterricht. Die Schmetterlinge sind schlagartig wieder da und flattern aufgeregter denn je.
"I'm looking for my earring."
Die Beine vor mir knicken ein und das, was darüber ist, erscheint direkt vor meinen Augen: der ganze Peter Hill ... am Boden des Klassenzimmers noch attraktiver, noch süßer ... und vor allem noch jungenhafter als sonst ...
O Hannah, reiß dich zusammen und fall ihm nicht ohnmächtig in die Arme!
"Shall I help you look?"
Seine Augen, seine tiefblauen Augen! Dieser intensive Blick ... so hat er mich noch nie angeschaut!
"What are you really doing down here, Hannah? Are you really looking for earrings??"
Er durchschaut mich! Sein Blick geht tiefer, als mich je Augen durchdrungen haben ...
"Diesen Raum heute nur kehren! Nur das Allernötigste und danach abschließen!"

Mir stockt der Atem. Ich erstarre. Auch Peter hat schlagartig ein anderes Gesicht:
Das war die Stimme des Hausmeisters!
Die Beine, die da zielsicher auf uns zusteuern, sind die einer Putze … äh, einer Raumpflegerin:
"Was … warum … wer …??"
"We … we …have a small problem here", stottert Peter, während wir uns synchron in die Senkrechte begeben.
"We're looking for something but can't find it."
"I … maybe I lost it in the schoolyard."
"Nichts verstehen."
Die Putzfrau schüttelt den Kopf, schwingt den Besen und Peter und ich schauen uns noch einmal an: eindringlich, wie zwei Ertappte, die ihr Geheimnis nicht preisgeben werden.

Dann sind wir draußen und Peter wird förmlich:
"Hannah, you've got to pay more attention to your homework. You've started to make mistakes that you didn't use to …"
"I need your help!"
Peter schaut mich überrascht an. Er sucht etwas in meinen Augen, das ich in diesem Moment aber nicht preisgeben kann. Außerdem schaut die Putzfrau neugierig um die Ecke, als wäre sie einem Geheimnis auf der Spur.
"What kind of help?", fragt Peter und in seinem Gesicht arbeitet es.
"**Private lessons**", sage ich und verliere meine Haltung.
Ich renn einfach weg. Ich lasse Peter mit unserem Problem allein da stehen und flüchte nach Hause.

private lessons
Nachhilfeunterricht

Mum ist wie immer nicht da, dafür aber ihr Telefonbuch: Wo ist die Liste mit meinen Lehrern, ihren Sprechstunden und ihren Telefonnummern? Ich blättere ihr Buch durch, in dem tausend Zettel rumfliegen. Ich blättere das große Ortsverzeichnis durch, sogar das Branchenbuch. Ich wühle alles in dem Fach durch, weil ich genau spüre, dass seine Nummer da ist!

Und dann habe ich eine Erleuchtung: Ich nehme nochmals ihr kleines Buch … ich blättere … ich gucke bei *H* … ich gucke bei *P* … und mich trifft der Schlag:

P.H. und eine Münchner Nummer und eine Handy-Nummer!

Nein, das kann nicht sein, das ist abwegig … im selben Augenblick schrecke ich zusammen, denn direkt vor mir klingelt das Telefon!

Ich nehme den Hörer und schaue gleichzeitig aufs Display: Mum! Gedankenübertragung.

“Everything okay, my dear? I left something out for your lunch. Did you find it, my poor **latchkey kid**?”

Ihre Stimme ist lieb. Sie ist besorgt. Besonders mittags hat sie immer ein schlechtes Gewissen, weil ich so oft allein bin, wenn ich von der Schule nach Hause komme.

latchkey kid
Schlüsselkind

“Hey Hannah, is there anything wrong? Are you in trouble at school?”

“Yes, I need to get private lessons.”

“Private lessons? In which subject?”

“In several. Do you have the number of … of my English teacher?”

In der Leitung bleibt es sekundenlang stumm. Barbara

sagt nichts. Ich auch nicht. Ich sehe diesen Eintrag *P.H.* vor mir. Gut, dass sie mich jetzt nicht sieht!
"Nein, warte mal ... wofür brauchst du die?"
Nun spricht sie plötzlich wieder Deutsch wie sonst eigentlich auch meistens. Aber ihre Stimme klingt anders ... ich kenne sie.

to take a risk
ein Risiko eingehen
Nothing ventured, nothing gained.
Wer nicht wagt, der nicht gewinnt.

Und sie kennt mich: "Hannah, worum geht's eigentlich? Ich muss gleich wieder in die Produktion. Wofür brauchst du seine Nummer?"
"Ich brauche Nachhilfe!"
Barbara bricht das Gespräch abrupt ab und vertröstet mich auf den Abend. Ich aber will es wissen. Ich weiß, dass ich ein Risiko eingehe, aber ...
"**Take a risk**!", sagt Daddy immer. "**Nothing ventured, nothing gained**!"
Ich wähle die Festnetznummer: Das Freizeichen ... ewig das Freizeichen ... keine Stimme, kein Anrufbeantworter.
Ich wähle die Handynummer und lege gleich wieder auf: Auch wenn ich nichts sage, hätte er wahrscheinlich meine Nummer auf dem Display.
Ich entscheide mich für etwas anderes: Ich hole mein Handy. Ich speichere die beiden *P.H.*-Nummern. Für alle Fälle.

Eifersucht

Tini hält mich inzwischen für meschugge – das hat sie wortwörtlich geschrieben.
Dad hatte versprochen, nach München zu kommen – verschoben.
Conny stand genau gegenüber, als ich eben heimkam – grinsend.
Gundula hat mich angesprochen, ob ich was gegen sie habe – ätzend.
Jan – ich würde ja gern mal mit ihm reden. Einfach nur über die Schule quatschen und meinetwegen über seine Schwester. Aber er ist mit anderem beschäftigt. Er sitzt manchmal im Unterricht und kritzelt in irgendwas rum. Vielleicht hat er auch ein Tagebuch oder er schreibt Liebesbriefe – wer weiß.
Peter – er weiß nicht, was ich vorhabe. Er ahnt nicht, dass ich demnächst regelmäßig bei ihm sein werde.
Und Barbara, meine geliebte Barbara-Mum? Sie entwickelt sich zu einem rätselnden Rätselwesen. Sie blickt nicht durch, was bei mir los ist. Ich blick nicht durch, was mit ihr los ist. So wie in diesen Tagen hab ich sie bisher nie erlebt.
Oder ist es der Traum, der alles durcheinandergebracht hat? Blöderweise kann ich nicht, will ich nicht davon erzählen. Doch ich lebe in ihm und mit ihm. Ich als Regieassistentin, sie als Regisseurin mit ihrem attraktiven Hauptdarsteller ... und was das Ver-rückte ist: Ich bin eifersüchtig auf ihre Zusammenarbeit! Ich muss dau-

ernd daran denken, wie nah sie sich bei der Arbeit kommen ... nie und nimmer würde ich den Assi-Job weitermachen!
Hat sie nun in meinem Tagebuch gelesen oder nicht?
Falls ja, sollte sie tatsächlich die Hauptrolle spielen – so begabt ist sie. Kein Wort über Peter Hill kommt aus ihrem Mund.
Ich vermute eigentlich was ganz anderes: Sie ist verliebt! Natürlich nicht in *P.H.*, sondern in ...
In ...?
Jetzt, wo ich das hier schreibe, in dem Moment, in dem ich *P.H.* schreibe, geht es mir durch und durch: Wieso dieses Kürzel? Wieso in ihrem privaten Telefonbuch, wenn es diese hochoffizielle Lehrer-Telefonliste von der Schule gibt?

Hannah muss handeln. Auf der Stelle: "Take a risk!"

pride Stolz
vulnerable verletzlich
separation Trennung
replacement Ersatz

Dearest Daddy
Please help me!
I have to force myself to write to you. After all, I too have my **pride**. And I need it, because it protects me. Against attacks from other people. Against getting hurt. I'm not sure you realize just how **vulnerable** I am. Actually, you probably don't realize this, because for years now, since your **separation** from Mum, you've hardly had any involvement in my life. I understand that you have a lot to do and that you have to travel a lot. But I still miss you, probably more than you realize. And sending texts and e-mails is no **replacement** for

face-to-face contact. I notice this now almost every day with my friend Tini, who just left me to go to Wuppertal. You've all **abandoned** me!
And now there's a new problem: Mum. I used to have close contact to her – even if it wasn't that often because of her stressful film job. But when she was there I had her all to myself. Now she's there from time to time, but I never seem to get any time with her. She avoids me. She has a nervous look in her eyes. Sometimes her **pupils** are huge, it's as if she's **on drugs**. But what drug makes her so high, so **absent**, sometimes also so **irritable**?
I found something out, although I don't want to start snooping, like she does (because **obviously** not even my diary is **sacred** to her): In her telephone book I found two **initials** that **aroused my suspicion**. It's also connected to a dream that I'd rather not explain. Anyway, I **investigated** this and I think I may have **uncovered** an incredible fact:
Your ex-wife, Barbara Bloom, is secretly making calls to my teacher to find out what's going on with me. Yes, because I stupidly told her that I'm in love with my English teacher! I'm not talking about a schoolgirl's **crush**. No, this is serious and **genuine** and dangerous: I want to really get to know him! I want to get really close to him! I want to experience something with him that I've never

face-to-face persönlich
to abandon sb jdn verlassen
pupil Pupille
to be on drugs Drogen nehmen
absent abwesend
irritable gereizt
obviously offensichtlich
sacred heilig
initial Anfangsbuchstabe
to arouse suspicion Verdacht erregen
to investigate nachprüfen
to uncover aufdecken
crush Verliebtheit
genuine echt

to spell sth out etw genau erklären
to deny leugnen
to insist bestehen
to jump to conclusions voreilige Schlüsse ziehen
to be paranoid unter Verfolgungswahn leiden

experienced before… I'm sure I don't have to **spell it out** for you!
Daddy, I'm only able to tell you all of this because you're so far away. And because you're also closer to me than anybody. Except for …
What should I do?
Mum, of course, **denies** everything. She **insists** that she's only looking out for my interest.
Is she looking out for me? Or is she looking out more for herself?
I don't want to **jump to any conclusions**. But I do know that she is in contact with him. His home number is in the official school handbook anyway. I tested the mobile number: It's his!
Daddy, I've written enough. Please don't think that **I'm being paranoid**. Although, in actual fact someone has been following me recently … but that's another story.
Please do tell me though, how I can prevent Mum from spying on me.
With love,
Your daughter Hannah

Okay, die Mail ist weg.
Nun kann ich in die Badewanne und mich in Wohlgefallen auflösen. Ich kann mir ein Wunsch-Schaumbad zubereiten:
Ist Traum aus Schaum? Schaumtraum??
Weiß ich nicht. Will ich nicht wissen. Will aber wissen, was ich will.

Will mich nackt sehen und wissen, ob mich jemand will.
Oder lieber ganz willenlos?
Ganz hemmungslos?
Was ist los mit dir, Hannah?

What's wrong with you, Hannah?
Unfasslich, aber wahr: Diesen Satz hab ich dir anvertraut, liebes Tagebuch, dann bin ich zum Laptop und was steht da?
What's wrong with you, Hannah?
Now I'm starting to worry about you. And to be **honest**, I don't know what I can do to help you. I can't come between you and Barbara. Your relationship is a matter between the two of you and I don't want to **interfere**. If she has in fact been snooping on you, I think that's unfair of her and I understand that you're **upset**. (By the way, apparently that is not an unusual **phenomenon**, but that's not much **consolation** to you.)
What worries me more are your feelings for your teacher. Normally if you told me you'd fallen in love, I'd say: enjoy it! It's the most wonderful feeling in the world. But it can also be really painful if the other person doesn't feel the same way. And in this case, it seems to me, the other person cannot feel the same way about you. Just imagine what would happen if this young man, this Peter, **responded** to you. The school would immediately take **disciplinary proceedings** against him. He would be thrown out of the school, and

honest ehrlich
to interfere sich einmischen
upset gekränkt
phenomenon Phänomen
consolation Trost
to respond to sb auf jdn eingehen
disciplinary proceedings Disziplinarverfahren

wouldn't be able to get a job at any other school because it would be written in his **reference** that Mr Peter Hill developed an **improper** relationship with an **underage** pupil … That would mean the end of his career, and not just in Germany – in England as well.

What that means for you, my dear Hannah is: let go of your dreams about him. Welcome to reality. I hope that you **cross paths** again with the boy that you didn't want to tell me about … I **wish** something nice like that would happen to you.

reference Dienstzeugnis
improper ungehörig
underage minderjährig
to cross sb's path jdm über den Weg laufen
to wish wünschen

Aus. Vorbei. Ich habe nicht weitergelesen. Mail umgehend gelöscht.

CHAOS

Als ob er meine Löschaktion mitbekommen hätte: Dad ruft öfter an und ich geh nicht dran. Das hat er nun davon, wenn er mich nicht verstehen will und mir mit Gesetzen kommt!
Ich werde sie missachten. Und ich werde Peter dazu bringen, all diese Anti-Gefühls-Paragrafen zu umgehen. Natürlich darf so etwas wie heute in der Schule nicht wieder passieren. So eine Putz-Tussi kann uns auffliegen lassen: Lehrer mit Schülerin nach Schulschluss bei gemeinsamem Tun unter einem Tisch erwischt! Noch ein paar Übertreibungen dazuerfunden und der Skandal ist da …
Nein, so nicht!
Doch es gibt ja glücklicherweise noch andere Möglichkeiten: Wer sollte uns in seiner Wohnung erwischen? Das Schulamt oder irgendwelche anderen Gesetz-Überwachungs-Fuzzis werden dort sicher keine Abhöranlage oder Überwachungskameras installiert haben, oder?
Oder ist alles etwa doch schon viel dramatischer? Ist dieser Constantin Maximilian vielleicht ein Detektiv, der auf uns angesetzt ist? Und ich Idiotin führe ihn auch noch zu Peters Haus!
Ja, Dad, ja, Mum … ihr werdet mich nicht abhalten und kontrollieren können. Ich werde mir holen, was ich mir vorgenommen habe. Ich werde mich in die Höhle des Krebses begeben und mich outen … als Krebs, als Hannah, als ein Wesen, das Wünsche hat. Nicht so

plump wie diese Gundula. Aber auch nicht so kindlich, wie Mum und Dad mich haben wollen.
Fliegt, Schmetterlinge, fliegt! Macht mich kirr und wirr! Klaut mir weiter den Schlaf! Dann kann ich, während Mum endlich schläft, in aller Ruhe an Peter schreiben:

Hi Peter,
I have a major problem: I am your student and you are my teacher. And there's no reason for that to change.
Stupidly I've gone and made an **unforgivable** mistake. I've **revealed** both **to** my mother and my Dad what's going on with me. Although Mum found out in an **illicit** way. I told Dad myself:
I'm **hopelessly** in love with you!
Please don't be scared. There's no need to run away. Please be there for me just a little bit. Secretly. When nobody can watch us. When we can meet each other without snoopers, or detectives.
I've had an idea for a while now, and I've been doing everything I can to **put it into practice**. As you've noticed my schoolwork has clearly **deteriorated**. You could say that I'm in the middle of a **mental crisis**. In just a few weeks I've gone from being a **model student** to a dunce. My results in maths,

unforgivable unverzeihlich
to reveal sth to sb jdn etwas wissen lassen
illicit unrechtmäßig
hopelessly hoffnungslos
to put sth into practice etw in die Tat umsetzen
to deteriorate verschlechtern
mental geistig
crisis Krise
model student Musterschüler(in)

physics and German are a **disaster**. And in English my results are only average, and on a steep **downward** trend. That's quite incredible when you think about it – after all, I'm half English! I more or less grew up speaking your language because my Dad mostly spoke English to me. But he's been gone for several years and we don't have so much contact anymore. So you can understand why my English has deteriorated. Apart from that I'm in late **puberty**, which as everyone knows is a difficult age, and I'm having serious concentration problems (which are connected to you).

Don't get me wrong: I'm not trying to make you feel **guilty**. Still, though I do think that you should feel just a little bit **responsible** for the way you've **turned** my life **upside down**. That is why I've decided that **from now on** you should give me private lessons. Don't worry, I can pay you! Or, rather, Mum can. After all, she earns enough, and owes me a favour in any case. In other words, I'd like for us to have the chance to be together regularly and without **disturbance**.

Please don't **deny** this **request**. There are a lot of things I can tell you … you'll be amazed!

disaster Katastrophe
downward abwärts
puberty Pubertät
guilty schuldig
responsible verantwortlich
to turn sth upside down etw auf den Kopf stellen
from now on von jetzt an
disturbance Störung
to deny ablehnen
request Bitte

Diesen Brief schick ich nicht ab, den muss ich ihm persönlich überreichen oder eigenhändig in seinen Briefkasten werfen.
Aber wer soll das mit der Nachhilfe organisieren? Wenn ich …

Wo ich das jetzt aufschreibe, verschwimmen die Buchstaben vor meinen Augen: Sie bleiben nicht mehr da, wo ich sie hingeschrieben habe. Sie führen ein Eigenleben. Manche Wörter schwimmen mit meinen Tränen einfach davon … ich könnte dem jetzt stundenlang zugucken … ich könnte beobachten, wie das Papier aufweicht … ich könnte …

Liebes, geplagtes und überfordertes Tagebuch, bitte verkrafte das, was gerade passiert. Nimm auch diese Tränenbuchstaben in dich auf und bewahre sie für mich! Verrate mich nicht und verrate dein Versteck nicht! Denn nun erfährst du Dinge, die ich bisher für unmöglich gehalten habe:
P.H., Peter Hill, hat soeben höchstpersönlich hier angerufen! Ich bin fast in Ohnmacht gefallen, als ich seine Stimme hörte. Ich hab es nicht glauben können:
“Is that Hannah Bloom?”
Er hat es so merkwürdig schön betont und seine Stimme klang viel persönlicher, viel weniger offiziell als in der Schule.
“Perhaps I can help you, Hannah.”
Wie kann er wissen, was ich gerade plane?
“You see, I've really been quite worried about you.”

Wahrscheinlich haben sich noch nie so viele Menschen gleichzeitig um mich Sorgen gemacht!
“I wanted to make a suggestion to you …”
Just say it!, flehe ich stumm.
“The only problem is, I’m not sure if what I have in mind is allowed. We’ll have to do it secretly.”
Just say it, Peter! Don’t **keep** me in **suspense**! We’re not living in the middle ages …
“I haven’t spoken to your mother about it yet, either.”
Don’t you dare!, würde ich gerne sagen und begreife im gleichen Moment, was ein Monolog im Film oder Theater ist. Bis auf das kurze “yes, this is Hannah” habe ich geschwiegen. Geschwiegen, weil ich viel zu aufgeregt bin, um ein Wort herauszubringen. Weil ich jedem seiner Worte lauschen muss, bis es endlich heraus ist:

to keep sb in suspense jdn auf die Folter spannen
Don’t you dare! Untersteh dich!

“I’d like you to come over to my place, Hannah. But we could also do it the other way around, and I come to you, but that …”
Ende des Monologs! Ich muss ihn unterbrechen. Ich muss ihm sagen, was ich will:
“I’ll come!”
Wieso er auf die gleiche Idee kommt wie ich, ich solle Schreibzeug und das Englischbuch mitbringen, weiß ich nicht und ist auch egal. Wir sind uns sofort mit der Zeit einig und mehr gibt es auch nicht mit Worten auszudrücken.

ALLEIN BEI PETER

Nun ist es passiert: Er hat mich gestreichelt!
Constantin Maximilian ist ein ausgesprochen unangenehmer Typ. Ihm ist es schnurzpiepsegal, was ich denke und was ich will. Er verfolgt mich im Traum und auf der Straße. Er könnte tatsächlich ein Detektiv sein. Aber grinsen Detektive dauernd?
Ich komme an diesem so besonderen Sonnennachmittag aus dem Haus – da steht er mal wieder da rum, jederzeit startbereit mit seinem Bike, garantiert nicht zufällig … diesmal allerdings mit Handy am Ohr.
Eigentlich wollte ich ja zu Fuß zu Peter gehen. Habe überlegt, ob ich eine Blume kaufen soll. Aber dieser Conny bringt mich so durcheinander, dass ich doch das Rad nehme.
Und wie befürchtet: An der ersten Ampel hat er mich eingeholt. Steht neben mir mit seinem Grinse-Gesicht und tut so, als seien wir fest und exklusiv miteinander verabredet: "Fahren wir wieder zur Isar?"

for ages
seit einer Ewigkeit

"I have a date", sag ich, ohne nachzudenken, in Englisch.
"So do I!", sagt er grinsend. "With you. I've been waiting **for ages**."
Sein Englisch klingt nicht schlecht. Es ist auch etwas in seinen Augen, was mir gefällt … etwas Hintergründiges und vielleicht sogar Warmes. Aber das ist in diesem Moment alles nur störend – ich muss den Typ loswerden, bevor ich ihn ein zweites Mal zu Peters Haus lotse.
Ich fahre bei Grün einfach los und trete ziemlich kräftig

in die Pedale. Ich spüre, wie er mir auf den Fersen ist, … da bekomme ich fast einen Wadenkrampf: Gegenüber fährt Jan! Er schaut in meine Richtung. Ich erkenne sein Gesicht, seinen Blick, und irgendwas macht mich im gleichen Moment todtraurig.
“Bist du immer so schweigsam?”, fragt mich mein Verfolger, der von meinem Schreck nichts mitbekommen haben kann. Er ist jetzt wieder genau neben mir. Er linst mich unentwegt von der Seite an, während ich mich kurz umschaue: Wenn mich nicht alles täuscht, ist Jan irgendwo dahinten vom Rad gestiegen …
“Ich lad dich auch gern auf einen Milchkaffee oder einen anderen Drink ein”, säuselt Conny neben mir. “Kannst dir wünschen, wo.”
“I’d like to be left alone!”, erwidere ich und wundere mich über meine entschiedene Stimme. “I’d also like you to stop following me everywhere. I have a **steady boyfriend**, you understand?”
“What’s his name?”
“Jan”, rutscht es mir heraus und ich merke gleichzeitig, dass dieser Conny auf den letzten Metern sein Grinse-Gesicht verloren hat.

steady boyfriend
fester Freund

“Ich glaub dir kein Wort”, murmelt er.
“Eigentlich heißt er Peter und ist Ausländer, falls es dich interessiert”, gebe ich zurück und bremse abrupt. Conny merkt es zu spät und fällt beim Abstoppen fast vom Rad. “Ciao”, sage ich und hab schon gewendet.
Demonstrativ langsam fahr ich bis zur nächsten Ecke zurück und biege in die Seitenstraße ein. Ich hab ihn abgehängt. Oder er hat sich selbst abgehängt.

Als ich vor Peters Haus stehe, prüfe ich alle Himmelsrichtungen, ob er mich doch noch beschattet. Dann steh ich da und lese das Papierschildchen:
Peter Hill … Peter Hill … Peter Hill … Peter Hill …
Was mach ich hier? Was will ich hier? Was mache ich, wenn er was will?
In dem Moment geht die Haustür auf und ich falle vor Schreck fast um.
"Sorry", sagt ein Mädchen und lächelt mich an. "Suchst du jemanden?"
Ich schüttle den Kopf und sie schüttelt ihren und hält mir immer noch die Tür auf.
"Danke", sage ich und betrete den Hausflur.
Ich gehe die Treppen hinauf und dabei verlässt mich mein ganzer Mut: Wie soll ich plötzlich mit ihm dasitzen und auf Nachhilfesituation machen? Was soll ich antworten, wenn er mich auf die Suche nach meinem Ohrring anspricht? Wie kann ich ihm erklären, was ich für ihn empfinde?
Ich kann nicht mehr weitergehen, weil ich mich urplötzlich wie eine kleine dumme Schülerin fühle. Peter Hill hat sich in den erwachsenen Lehrer-Mann zurückverwandelt, der meine Hausaufgaben und nicht die Liebesbriefe an ihn lesen muss. Mir fallen die Worte von Dad ein und ich sehe die aufdringliche Gundula, wie sie vor unserem Englischlehrer ihre Kugeln, ihre Protz-Brüste, fast aus ihrem Ausschnitt fallen lässt.
Nein, so will ich nicht auffallen!
Tausend Momente gehen mir gleichzeitig durch den Kopf – so hilflos und verwirrt habe ich mich noch nie gefühlt.

Und dann fälle ich eine Entscheidung: Zurück nach Haus, auch wenn es wie Flucht aussieht! Lieber morgen irgendeine blöde Entschuldigung erfinden, als da oben verlegen rumsitzen und Konversation machen …
Ich schleiche mich durchs Treppenhaus nach unten und hoffe, nur ja niemandem zu begegnen. Grade will ich die Haustür aufmachen, da trifft mich der plötzliche Herztod: Mein Handy klingelt! Ich hab's noch nicht mal aus der Tasche gezogen, da weiß ich schon den Anrufer: Peter Hill!
"Hello", kommt mir noch so grade über die Lippen.
"Have you forgotten where I live?", fragt er mit seiner sanften Stimme. "I was getting worried about you."
Wie wohltuend! Wie nah! Wie …
"I was there already … I am there already … your **doorbell** doesn't have …"
Im selben Augenblick hör ich oben eine Tür aufgehen und die Lüge erstirbt auf meinen Lippen. Für einen Sekundenbruchteil erwäge ich noch einmal die Spontanflucht. Doch dann ist er wieder da: dieser Sog, dieses widerstandslose Hingezogenwerden: Hannah geht nicht die Treppe hinauf – nein, sie wird die Treppe hinaufgegangen. Sie wird von diesem Mann-Wesen da oben einfach angesogen und mit einem breiten Lächeln wortlos empfangen. Rote Turnschuhe, blaue Jeans, buntes Flatterhemd, Haare etwas zerzusselt und eben dieser Peter-Hill-Blauaugen-Blick.
"Hi", sage ich.
"Hi", sagt er.

doorbell
Türklingel

Wir betreten gemeinsam die Wohnung, deren Geruch mir noch vom ersten Besuch vertraut ist. Diesmal jedoch wirkt dort alles viel persönlicher, viel privater. Und etwas anderes stürzt mich vollends in die Verwirrung: Er ist wieder so jung. Peter ist wieder der Junge. Natürlich reifer und erwachsener als dieser Maxi Möchtegern. Aber wahrlich kein richtiger Erwachsener, der mir entwachsen ist ...

Glücklicherweise hat Peter etwas zu trinken bereitgestellt: Wasser, Cola und Orangensaft zur Auswahl. Außerdem Cracker und irgendwelche englischen Sweeties – dabei find ich ihn so schon süß genug!

"Have a seat! **Make yourself at home**! Take whatever you like, and let's talk about life."

Ist das jetzt der Beginn der Nachhilfe? Und vor allem: Nachhilfe in was?

Peter schaut mich an, als wolle er etwas wissen. Sein Blick gleitet jetzt über meinen ganzen Körper und das ist etwas, was ich nicht kenne. Das ist auch keine Schulsituation mehr, das ist ungeheuer intim. Blöderweise geht mir genau in diesem Moment diese Gundula-Schnepfe durch den Kopf: Was würde sie in meiner Situation machen?

"May I use your toilet?", fragt die Hannah, die sich nicht im Griff hat. Deren Blase genau jetzt ein Eigenleben führt.

Peter lächelt: "**You** already **know your way around here**."

Ich kenn mich überhaupt nicht mehr aus. Nicht mit mir. Nicht mit ihm. Und prompt lande ich im Bad statt in der Toilette.

"It's the next door", verfolgt mich seine Lächel-Stimme.

Make yourself at home. Fühl dich wie zu Hause.

You know your way around here. Du kennst dich ja hier aus.

Da sitze ich dann und trau mich nicht. Und als wisse er um meine Not, hat Peter draußen Musik angemacht … irgendwas mit Klavier. Es klingt ziemlich fremdartig, aber ungeheuer harmonisch.
Nachhilfe!, erinnere ich mich und gucke mir die Muscheln an, die er auf dem Spiegelbrett liegen hat. Ich ziehe mir den Slip hoch und beobachte mich dabei aus seiner Perspektive … selbst das Spülen ist mir peinlich! Dann raus und schnell nach nebenan ins Bad. Es riecht nach Peter. Es ist auch wie am Meer: lauter Sammelstücke von dort. Dazwischen das, was er wohl morgens vor der Schule benutzt … ich muss ganz schnell raus, um mich nicht noch mehr in Fantasien zu verlieren!
“How much time have you got?”, empfängt mich Peter und guckt auf die Uhr.
Ist das Frage oder Vorwurf oder Drängen? Wie viel Zeit hat er überhaupt …?
Das trau ich mich natürlich nicht zu fragen.
“I'm a latchkey kid”, sage ich und langsam finde ich meine Sicherheit wieder. “I can come and go as I like. My mother doesn't work regular hours. And my father is always travelling around, and anyway he doesn't live with us anymore.”
“I know”, sagt Peter und ich wundere mich. Woher weiß er von Dad? Plaudert Mum in der Sprechstunde unser Privatleben aus?
“Tell me about your relationship. Tell me about your relationships.”
Was meint er? Mum? Dad? Jungs?
Peter lächelt und scheint sich über meine Verlegenheit zu amüsieren: “Nothing intimate … just tell me, if you

want to, about your home life. With and without your mother. Without your Dad. With or without **pets**. I'd like to hear about your life."
Aha ... das klingt schon eher nach Nachhilfe! Nur: Wo sind meine Fehler? Wo ist meine Leistungsschwäche? Wie kann ich ihm klarmachen, dass ich ihn in der nächsten Zeit dringend brauche?
Gedankenübertragung! Peter reagiert nicht auf meine Worte, sondern auf meine Gedanken:
"Just start talking. I'll correct you when you make mistakes. If you want to know what I think about your recent problems with schoolwork, it has nothing to do with your mind. There are other things causing your problems."

pet Haustier
essay Aufsatz

Peter zeigt einfach auf sein Herz und meins beginnt wie irre zu schlagen.
"Am I right, Hannahbelle?"
Ich fühle mich wie hypnotisiert und leide endgültig unter einer Sprechstörung.
Hannahbelle! Hannahbelle! Hannahbelle!
Hat er mich durchschaut? Weiß er, warum ich hier sitze?
Ich würde am liebsten gleichzeitig unter dem Sessel versinken oder mich in Luft auflösen oder aufspringen und ihm ...
"Maybe you'd prefer if we worked on your writing?", rettet er mich und sich. "My suggestion is this: For our next lesson, you write a kind of **essay** or, if you prefer, a letter. The topic: My dreams. Agreed?"
Nun könnte ich, müsste ich ehrlich sein:
Dear Peter, I've already written several letters on this

topic. They were all addressed to you. By now they are all floating in the Isar, in the **Danube** or even in the **Black Sea**. But there are also a few that I didn't destroy. If you read them all, you'll know what's going on, Peter dearest.
Aber ich bin feige. Und aus dem Nichts heraus werde ich auf einen Schlag traurig, todtraurig. Ich steh auf, ich kann Peter nicht anschauen. Ich pack meine Nachhilfe-Utensilien, die ich nicht gebraucht habe, zusammen und suche das Weite …
Nicht weit genug, denn an der Tür hat Peter mich eingeholt:
"Everything's going to be alright, Hannah! You can come another time. I want to help you, as much as I can."

Danube Donau
Black Sea Schwarzes Meer

Und dann passiert es: Peter Hill streichelt mir über die Haare – nur einmal, nur ganz sanft, ganz flüchtig.
Kein Wort mehr von ihm. Keines von mir. In Trance durchs Treppenhaus. An der Tür unten halte ich inne und versuche, alles nochmals zu spüren, nachwirken zu lassen.
Auf der Straße der Sicherheits-Rundum-Blick:
Die Luft ist rein, kein Detektiv!
Nach oben zum Fenster traue ich mich nicht zu gucken …

Vernehmung

Wer bespricht eigentlich was mit wem? Wie kann Mum wissen, dass ich verfolgt werde? Woher weiß Dad, an welchem Tag ich bei meiner sogenannten Nachhilfe war?

Ich rätsle nicht mehr nur über mich, sondern neuerdings vor allem über andere. Vielleicht sollte ich diesen Constantin Maximilian als Detektiv anheuern!

Der Clou: Ich komme von einem Abendspaziergang nach Hause, da empfängt mich Barbara mit süffisantem Blick. Beim Reinkommen habe ich grade noch mitbekommen, wie sie jemanden am Telefon mit koketter Stimme verabschiedet und schnell ihr Handy weglegt.

“Hab eben mit deinem Jan gesprochen”, sagt sie und zeigt auf den Küchentisch. Dort ist ein richtig schönes Arrangement von italienischen Köstlichkeiten serviert – seit Langem mal wieder nicht diese Fastfood-Reste von der Filmproduktion.

“Wieso ruft der dich auf deinem Handy an?”

Mum wird verlegen, sie hat eindeutig ihre Gesichtsfarbe von Studio-Blassbeige zu Sonnenbrand-Rot gewechselt.

“Er war hier und wollte dir was vorbeibringen.”

Nun bin ich vollends verwirrt. Ich denke, wir reden über ein Telefonat, und nun soll das Zeug auf dem Tisch von Jan sein?

“Es gibt wohl einiges zu besprechen”, säuselt meine undurchschaubare Barbara-Mum. “Wollen wir mit Sekt anstoßen?”

Mir ist nicht nach Alk. Auch nicht nach Besprechen. Außerdem hab ich seit dem Besuch bei Peter wieder meine Essstörung.
“Bitte setz dich zu mir!”
Ist das Befehl oder Bitte? Ich bin unschlüssig und will das mit Jan geklärt haben: “Ich setz mich nur, wenn du nicht so verdreht daherredest.”
Das sitzt. Das kann Barbara nicht leiden. Da kommt der Mutter-Ton, den ich wiederum nicht leiden kann: “Muss ich schriftlich zum Essen einladen, oder wieso solche Zicken? Ich kauf extra ein für uns und dann diese Schnute!”
Also ist das Essen doch nicht von Jan.
Ich pflanze mich an den Tisch und lasse mich sogar auf ein Anstoßen ein, was ich umgehend bereue:
“Weshalb hast du so wenig Vertrauen zu mir?”
“Wieso telefonierst du mit Jan?”, kontere ich.
“Mit Jan brauche ich nicht zu telefonieren”, kommt es ziemlich gereizt zurück. “Mit ihm kann ich mich ja persönlich austauschen. Ein ausgesprochen netter Gesprächspartner übrigens, der mir mehr aus deiner Klasse erzählt, als ich je von dir erfahren habe. Wer von euch ist denn mehr verliebt – du in ihn oder er in dich?”
In mir kocht es. Ich habe eine Stinkwut. Auf Mum. Auf Jan. Auf alle, fast alle, mit denen ich zu tun habe.
“Ich hab mich übrigens auch verliebt”, sagt Barbara mit einem Rückfall in den Säuselton.
“Das interessiert mich so wenig wie eine Weißwurst”, beleidige ich sie, weil ich weiß, wie gerne sie diese komischen Würste isst. “Ich will wissen, was Jan hier wollte. Oder ist das alles nur eine Finte?”

“Frag ihn selber”, erwidert Mum mit hintergründigem Lächeln. “Mir hat er es nicht verraten.”
Ich kann nicht mehr. Ich springe auf und werfe dabei mein Sektglas um. Mir ist es egal, ich kann nur rausrennen und in mein Zimmer flüchten. Ich überlege kurz und entscheide mich dann fürs Handeln. Ich schnappe mir mein Handy und rufe das Adressbuch auf. Da sind alle aus meiner Klasse drin, auch die, mit denen ich nie freiwillig telefonieren würde …
Jan ist sofort dran. Er nennt seinen Namen nicht. Über den Äther klingt er noch schüchterner als live: “Entschuldige, ich konnte nicht anders … wenn ich geahnt hätte, dass deine Mutter um diese Zeit da ist … du hast doch am ersten Schultag bei der Vorstellung gesagt, du wärst ein Schlüsselkind.”
“Was hast du meiner Mutter erzählt?”
“Nichts. Sie hat mich gelöchert und nicht gehen lassen.”
“Und weshalb warst du da?”
Schweigen. Ewiges Schweigen. Und ich merke, wie ich gerade etwas falsch mache: “Du hast was gebracht, gib’s zu!”
Immer noch Schweigen.
“Was hast du gebracht?”
Ich warte auf eine Antwort und gleichzeitig klopft Barbara an meine Tür.
“Ich hab dich was gefragt!”, dränge ich und versuche, so leise wie möglich zu sprechen.
“Nichts”, antwortet Jan auch sehr leise und seine Stimme klingt bedrückt. “Ich geb’s dir morgen.”
Aufgelegt. Tote Leitung. Tiefe Traurigkeit.

Draußen rumort Barbara: "Willst du den Abend allein verbringen oder haben wir uns etwas zu sagen?"
Ich entscheide mich fürs Nachgeben, obwohl mir eher nach Rückzug ist.
Der vergossene Sekt ist weggeputzt. Das Glas ist neu gefüllt. Und Barbara hat wieder diese großen, schwarzen Pupillen.
"Kind, das Leben steht manchmal unter einer seltsamen Regie ..."
Ich hasse diese Andeutungen. Ich will auch nicht *Kind* genannt werden. Und mir ist endgültig jede Lust auf Anstoßen vergangen.
"Dann sag endlich, was Sache ist", rede ich in einem Ton, der mir selber unangenehm ist.
"Dein Vater und ich, wir haben in letzter Zeit öfter miteinander telefoniert. Wir haben endlich wieder zu einem Umgang gefunden, aus dem alle Aggression verschwunden ist. Wir können uns vor allem über dich austauschen, ohne uns wechselseitige Vorhaltungen zu machen. Wir sind uns dabei wieder viel näher gekommen ..."
Im selben Moment klingelt Barbaras Handy und wir bekommen wohl gleichzeitig einen Schreck. Ich hab das eine noch nicht richtig begriffen und darf gleich wieder rätseln:
Barbara guckt aufs Display. Sie zögert. Sie sieht mich mit einem prüfenden Blick an. Dann zuckt sie wie entschuldigend mit den Schultern, steht auf und verlässt mit dem klingelnden Handy die Küche. Und bevor sie in ihrem Schlafzimmer verschwindet, vernehme ich einen Tonfall, der zumindest eines verrät: Meine Mum kann ihren Gefühlen wieder Ausdruck verleihen ...

MEINE TRÄUME

to delude täuschen
to fulfil erfüllen
to have a row Krach haben
to get sth off one's chest sich etw von der Seele reden
rift Kluft
least of all schon gar nicht

Dear Peter,
It's after midnight and I have to do my homework: what should I tell you about my dreams.
Should I write the truth or try to **delude** both of us?
Actually I really feel I can trust you, Peter. This is something I've always wished for … to meet a person who is so close to me that I can tell him anything. What I never expected was that this person would be a teacher. Actually, it used to be that my parents **fulfilled** this role. Even though we would **have rows** from time to time, especially with Barbara, most of the time I had the feeling that I could tell them anything I needed to **get off my chest**. But it's not like that anymore. Although he was far away, I used to be able to talk to my Dad about almost everything – but now there's a **rift** in that relationship too. Actually I should be happy that the two of them are getting on better now. What I don't understand is why, as soon as they start getting on again, they have secrets from me just like they used to.
Do you understand this, Mr Hill? Your student has no idea what's going on anymore! Not with herself. Not with her mother. And **least of all** with you.
We could turn this exercise around: What do you dream

about, Mr Teacher? What do you wish for in your dreams? Would you like your pupil Gundula S. to let her mega-boobs hang out fully? Or do you dream of a shy, sweet pupil who never pesters you, Mr Hill? Or is it a nightmare for you to have to deal with these **immature** girls every day? Having them in your flat, although you'd much prefer to be …
What are your most secret, most intimate dreams?
Wouldn't it be fairer if you wrote this essay, or this letter, yourself? And from an educational point of view: I need to understand your language. I need to translate your feelings – just like you want to read mine!
But I'll let you in on a nightmare of mine: If you came into class tomorrow and told us that you were returning to England!
Would you like to hear about another of my nightmares?
I recently dreamt that you were the star of a film.
Guess who was the director and who played the other lead roles?
I'm not going to reveal this to you today. I'll only tell you about this if you tell me about your dreams – **in writing**!
And in case you're looking for mistakes in this letter, I may as well let you know that my English is perfect. My Dad made sure when I was growing up that I learned to speak his language **fluently**. The current deterioration in my English schoolwork is all your fault!
But I'm not going to let you in on the exact reasons right now. Only when you've revealed your own dreams

immature unreif
in writing schriftlich
fluently fließend

to me will I talk about my day- and night-dreams in more detail. I may even tell you about my intimate dreams – but I suspect already that you'll be shocked by them …

Meine Nachhilfe-Hausaufgabe ist erledigt, liebes Tagebuch. Mathe und das andere Zeug muss warten, dafür mangelt es mir momentan an Konzentration. Es ist einfach zu viel los um mich herum. Mum schläft auch noch nicht und liegt mit ihrem Handy im Bett: Verliebte brauchen weniger Schlaf – auch wenn es nur ein abgelegter Liebhaber ist.

Die Schule würde ich morgen am liebsten meiden. Erstens kann die Begegnung mit Herrn Peter Hill nur danebengehen. Zweitens ist es mir peinlich, von Jan etwas zu bekommen – vor allem, wenn andere was davon mitkriegen …

Moment mal … was höre ich da?

Meine Mutter verlässt mitten in der Nacht die Wohnung – das kann doch wohl nicht wahr sein, oder!?

Es ist wahr. Sie ist tatsächlich weg! Ihr Handy ist auch weg! Möglicherweise hätte ich sonst jetzt etwas getan, was ich zutiefst verachte …

Immerhin lag ein Zettel da:

> Muss noch mal raus und Luft schnappen. Ich treffe vielleicht eine Freundin in der Kneipe. Mach dir keine Sorgen, ich liebe dich!
> Deine verliebte Mum

Was, bitte, sind denn das für neue Marotten? Das sollte ich mal machen!
Obwohl es schon nach ein Uhr ist, hab ich versucht, Dad zu erreichen. Aber natürlich geht er nicht dran.
Hab ich Wahnträume? Oder was ist los mit mir?
Schlafen kann ich nicht. Ich fühl mich gleichzeitig so leer und so voll.

Leer und lieb,
lehre und liebe,
liebe und lehre,
lieber Lehrer,
Lehrer-Liebe.

Regentag

Unfasslich, aber wahr: Meine Mutter kommt um fünf Uhr morgens nach Hause und muss zwei Stunden später zu Dreharbeiten. Wir begegnen uns an der Badezimmertür und eins ist klar: Es hat sie erwischt!
Wahr und klar: Ich will nichts davon wissen. Sie soll ihr Leben führen. Und ich führ meins.
Ich sitz mal wieder an der Isar, nicht von Conny verfolgt, dafür von schlechtem Gewissen.
Erstens: Peter war heute nicht in der Schule und ich mache mir Vorwürfe. Es ist idiotisch, aber ich krieg's nicht raus aus meinem Kopf: Ist er etwa meinetwegen nicht gekommen? War es ihm peinlich, mir nach unserer heimlichen Begegnung in der Klasse gegenüberzustehen? Auch ich wollte eigentlich schwänzen, bin aber extra zur zweiten Stunde hin, weil wir da Englisch haben.
"What a pity! It's so boring without our cute English teacher!"
Gundula tut so, als ginge ohne ihren Englischlehrer die Welt unter – dabei wirft sie mir so schräge, prüfende Blicke zu.
Noch jemand ist schräg drauf und meidet jeden Kontakt: Als ich reinkomme, guckt Jan demonstrativ weg. Als es zur Pause klingelt, gehe ich auf ihn zu, da es schließlich etwas zu klären gibt. Er flüchtet regelrecht und hat plötzlich die ganze Pause über wichtige Gespräche zu führen, obwohl er sonst die meiste Zeit allein über den Schulhof geistert.

Erst nach der Sechsten zeigt er mir indirekt, dass er kontaktwillig ist. Er macht ewig rum mit seinem Rucksack, während einer nach dem andern die Klasse verlässt.
Dann wird es mir zu blöd. Ich steuere direkt auf ihn zu, bleibe vor ihm stehen und sage nichts. Wir sind inzwischen ganz allein in der Klasse und es liegt eine seltsame Spannung in der Luft. Jan macht erneut an seinem Rucki rum, wühlt in irgendwelchen Tiefen und hat einen schwarzen Umschlag in der Hand:
“Den wollt ich dir gestern bringen, sorry.”
Kein Blick mehr. Rucksack auf den Rücken, ab nach draußen und Fast-Zusammenstoß mit der, die mich neuerdings gerne in solchen Zweiersituationen erwischt. Da steh ich mit dem Umschlag und kann nur ahnen, welche traurige Mitteilung er enthält. Ich könnte ihn einfach aufreißen und mir Klarheit verschaffen. Ich will aber nicht. Ich will allein sein, ganz allein.

Hier an der Isar bin ich fast allein. Ich gucke mich ins Alleinsein. Ich bemühe mich, nichts zu hören als das Wellengeplätscher vor mir. Ich beobachte das Regentropfengesprenkel auf der Wasseroberfläche und spüre gleichzeitig die zarten Tropfen auf meiner Haut: Regentränen rinnen durch mein Gesicht und ich weiß, dass ich etwas ganz Wichtiges bei mir trage.
Trotzdem will ich nicht an Jan denken. Ich muss an ihn denken, an diesen Peter Hill, und ich habe eine verrückte Idee: Ich geh einfach zu ihm, ich überrasche ihn und frage ihn, ob er Medikamente braucht oder sonst etwas, was ihm gut tut …

Was ist mit dir, Hannah?
Bist du idiotisch?
Oder neurotisch?
Oder psychotisch?
Oder gar peterotisch, hillerotisch??

Ich weiß keine Antwort auf diese Fragen. Ich nehme den schwarzen Umschlag aus meiner Tasche und betrachte ihn eine ganze Zeit. Er liegt auf meiner flachen Hand und ich beobachte das Regentropfengeperle, das sich auf ihm bildet. Einen Augenblick lang habe ich einen gemeinen Gedanken: Was ist, wenn ich den Umschlag einfach vor mir ins Wasser lege und ihn davongleiten lasse …?

Mit schlechtem Gewissen schaue ich zum gegenüberliegenden Ufer, wo Jan vor Tagen (oder Wochen?) vorbeigeschwebt ist, ohne mich zu sehen. Oder hat er damals nur so getan?

Ich hab Herzklopfen und weiß eigentlich nicht warum. Der Umschlag ist inzwischen richtig feucht: Die Tropfen sind im Schwarz versickert und die neuen wollen nicht mehr perlen. Wenn ich so weitermache, wird das Papier aufweichen, sich in meiner Hand auflösen, Buchstaben werden vielleicht einzeln davonfließen und ich habe nichts davon erfahren, was mir Jan mitzuteilen hat.

Ich habe jetzt sein Gesicht vor Augen und es ist wie meines regentropfenüberströmt. Er guckt mich ungeheuer traurig an und ich kann nicht mehr an mich halten. Ich kann nicht erkennen, ob es Regentropfen oder Tränen sind, die ihm übers Gesicht rinnen … ich weiß es auch bei mir nicht.

Dann endlich reiße ich den Umschlag auf. Meine Bewegungen sind ganz weich, ich spüre eine Aufregung, die ich so von mir nicht kenne. Drinnen liegt nur ein ganz kleiner Zettel:

> Eigentlich wollte ich was von dir. Du aber nicht von mir. Dafür er von dir. Also gibt's kein Wir. Schade. J.

Es ist ein einziger Stich. Der Schmerz dauert lang, hält an. Die Buchstaben lösen sich auf. Sie schwimmen in schwarzen Rinnsalen das Papier entlang und tropfen auf die Kieselsteine vor mir …
So halte ich das Leben nicht aus. Ich muss etwas ändern. Ich stehe auf. Ich falte den Minibrief zusammen und weiß, dass die Buchstaben nun noch mehr verschwimmen. Das will ich nicht. Aber ich steh nun mal im Regen.

Als ich zu Hause ankomme, bin ich nass bis auf die Haut. Es ist fast ein Wohlgefühl, weil ich nicht friere und meinen Körper mit jeder Pore spüre.
Ich gehe ins Bad, denn ich muss mich angucken: Die Haare hängen mir strähnig nass ins Gesicht. Meine Wangen wirken ganz eingefallen und die Hannah, die mir in die Augen schaut, ist mir fast fremd. Sie lässt ihren Blick über das T-Shirt gleiten, mit dem man so durchnässt nicht in der Öffentlichkeit spazieren gehen dürfte …
Wie gut, dass mich dieser Conny Maxi nicht gesehen hat!

How would you **react**, Peter, if you saw me like this?
Wie gut, dass ich im Augenblick ganz allein bin!
Peter, you've got to understand that you can't just **turn up** here like this!
Ich will diesen Augenblick genießen, ich will viele Augenblicke genießen!
Peter, you've got to look away now, because I need to **undress**.
Ich will wissen, wer diese Hannah ist, die da vor mir steht!

to react reagieren
to turn up auftauchen
to undress sich ausziehen
to look away wegschauen
naked nackt

Peter, **look away** now! I'm your pupil and not just some girl that you can conquer. Do you understand?
Ich will ganz nackt vor mir stehen und mich mir stellen – ganz ohne Tabus!
Peter, you've got to understand: in actual fact I'm very very shy. I don't even let Barbara see me **naked** like this.
Ich möchte jetzt am liebsten duschen, möchte mich von oben bis unten reinigen!
Peter, please go away now! Get out of my head for a few minutes. I'd like to be completely alone now.

Noch mehr RÄTSELHAFTES

Wie soll ich auf Jans Brief reagieren?
Erst in der Nacht ist mir richtig klar geworden, was es für ihn bedeutet haben muss, mir das zu schreiben. Ich kenne ihn zwar erst ein paar Wochen und sehe ihn ja meistens nur von schräg hinten. Trotzdem sind mir seine grünblauen Augen vor Augen und ich sehe darin, dass er ungeheuer empfindsam und verletzlich sein muss. Vielleicht ist er deshalb auch so viel schüchterner als die meisten andern in meiner Klasse.
Trotzdem ärgere ich mich: Wieso muss er mir gerade jetzt mit diesem Brief kommen? Was hab ich ihm getan? Er hat mich höchstens zwei Mal mit diesem Conny gesehen. Er kann nichts von meinen Peter-Gefühlen wissen ... es sei denn, er ist Gedankenleser oder Hellseher. Hill-Seher. Will er mich für irgendwas bestrafen oder was?
Ich rufe Tini an und zum ersten Mal seit Ewigkeiten können wir wieder normal miteinander reden. Wahrscheinlich liegt es auch an mir, denn über die Sache mit Jan kann ich viel lockerer und offener reden als über alles, was mit Peter zu tun hat.
Sie rät mir, mich mit ihm zu treffen und auszusprechen. Ich will das nicht und sie will wissen warum. Aber darauf weiß ich keine schlüssige Antwort.
Sie fragt mich, ob ich Hemmungen habe, meine Gefühle zu zeigen?
Das bringt mich völlig durcheinander, vor allem als sie

dann noch eins draufpackt: Bei diesem Peter hätte ich ja nie Angst haben müssen, dass was passiert ... ein Lehrer würde sich ja nie und nimmer an einer Vierzehnjährigen vergreifen!

Wieso ist das Leben plötzlich so schwierig?

Daddy, why is life suddenly so difficult?
I have to e-mail you because I can't cope anymore. It's **partly** your fault because you **abused** my **trust**. You spoke to Mum about things that don't **concern** her. Mum is so **nosy** and interfering. When she hears that I particularly like a new teacher (ok, I realize that's an **understatement**), she rushes off to arrange a meeting with him. She snoops in my room and reads my diary (and she's probably done that a lot more often than I realize). She **squeezes** information about me and who knows what else from boys in my class (I know of one case **in particular**!).
And now this **conspiracy** with you. Don't get me wrong: I don't want to interfere in your (non-)relationship (or is it a re-relationship?) If you're **getting on well** again and even if you've fallen in love with one another again, that's your **business**. Only you two can **judge** whether that's a good idea. I spent a long time hoping that you would get back together again. It was

partly teilweise
to abuse missbrauchen
trust Vertrauen
to concern betreffen
nosy neugierig
understatement Untertreibung
to squeeze ausquetschen
in particular im Besonderen
conspiracy Verschwörung
to get on well sich gut verstehen
business Angelegenheit
to judge beurteilen

extremely painful for me to suddenly only live with one of you (I missed you and still miss you!) – but **at this stage** I can't imagine us all living together again. I have to **accept** it when Mum runs around with **enlarged** pupils and recently even **announced** that she's in love. But I don't believe it. There's something not right with her ... I've also noticed how uptight she is around me. Enough!

But there's one thing I have to tell you: If you are secretly in Munich, meeting Mum but not me, I'll never speak to you again (a **slight exaggeration**).

Love,

Your daughter Hannah

at this stage zu diesem Zeitpunkt
to accept akzeptieren
enlarged vergrößert
to announce verkünden
slight leicht
exaggeration Übertreibung

Sofort weg mit dieser Mail und sicherheitshalber die Wohnung abgegangen: Mum ist immer noch nicht zurück.

Stattdessen kommt genau in dem Moment, wo ich die Schlafzimmertür einen Spalt öffne, eine SMS von ihr:

Solltest du noch wach sein, so mach dir keine Sorgen. Ich brauche im Augenblick sehr wenig Schlaf und werde dir baldigst erzählen, wo ich mich rumtreibe.

In großer Liebe
deine Mum

Immerhin, sie hat ein schlechtes Gewissen! Falls sie wirklich mit Dad zusammen ist, so schnüffelt sie hoffentlich nicht an seinem Laptop rum!

Hat sie nicht. Ich musste nur eine (fast schlaflose) Nacht verbringen und alles sieht anders aus: Eigentlich gehe ich morgens nie an den Computer – schon gar nicht, um nach Mails zu gucken. Heute zieht es mich wie magisch dahin und ich habe tatsächlich Post:

how on earth wie in aller Welt
to be keen on sth auf etw Lust haben
on the wrong track auf dem falschen Dampfer
wise weise
fatherly väterlich
comment Bemerkung
within oneself in sich hinein

My dear Hannah,
Just a quick note: Of course I'm not in Munich – **how on earth** did you come to that conclusion?
But I'm coming over as soon as I can, because I have the feeling that we need to talk to one another face to face. I'm not so **keen on** talking to Barbara, and she also doesn't need me at the moment – so, you're completely **on the wrong track** there.
I don't want to give you any **wise fatherly** tips, but just let me make one **comment**: Listen less to other people, and listen more **within yourself**. If you do this I'm sure you'll find out what you need to know.
See you soon. Big hug, your Dad.

Kaum hab ich die Mail gelesen, klopft es an meine Tür: Mum guckt übernächtigt und verlegen ins Zimmer!
"Hast du mit Jan gesprochen?", fragt sie mich.
Ich weiß nicht, was diese Frage soll. Noch weniger kapier ich, was dann aus ihrem Munde kommt:
"Mein Schatz, das Leben ist manchmal paradox. Wenn du wüsstest, was mir passiert ist, dann würdest du mich garantiert für verrückt erklären!"

Noch mehr Nachhilfe

Nun wird es schlimm. Ich komme in die Schule und kenne mich nicht mehr aus: Jan fehlt. Gundula fehlt. Und in der ersten großen Pause erfahren wir, dass Herr Hill krank ist.
Ich komme mir vor wie in einem Film, in dem auf einen Schlag alle Hauptdarsteller ausgestiegen sind.
Das bringt mich auf die Idee, mich selber auch zu verdrücken. Ich melde mich menstruationskrank und verlasse das Gebäude.
Ich suche mir ein Café, wo ich in Ruhe über das Leben nachdenken und Entscheidungen für den Tag treffen kann.
Als Erstes bekommt Jan eine SMS:

> Sollen wir reden? Gute Besserung! H.

Das ist nicht gerade herzlich – aber mehr bring ich nicht.
Dann habe ich eine gute Idee: Dieselbe SMS könnte ich ja auch Peter schicken! Möglicherweise braucht er Hilfe. Wer weiß, welcher Virus ihn befallen hat. Oder?
Ich muss umgehend auf ein anderes Programm schalten, denn die Bilder, die mich gerade überfluten, sind der pure Grusel: Gundula ist bei ihm! Gundula nimmt Nachhilfe bei ihm! Gundula gibt Peter Nachhilfe!
Glücklicherweise kommt Ablenkung aus Wuppertal:

Besuch mich doch ☺! Brauch selber auch Rat und Trost ☹! Lb Gruß Tini

Die Vorstellung, mich mit Tini endlich mal wieder Auge in Auge auszutauschen, ist wohltuend: Einfach zum Bahnhof, Ticket kaufen und raus aus diesem Chaos-München!
Aber vorher muss ich etwas klären:

Dear Peter, dear Mr Hill,
Your student is having problems with her homework. She's supposed to write about her dreams but she's suddenly afraid to do so.
What do they say about dreams **coming true**? Is there not a danger that if you wish for something it will come true. Like calling **spirits** …
You see, I'm starting to get a bit scared of what could happen. I suddenly have feelings that weren't there before (at least not that I was aware). For example, I have a strong desire to cuddle and **smooch** and to …
Well, actually, I've always liked to cuddle! It's just that I used to be able to do that with Dad or Mum. Both of them are now cuddling other people (I don't want to know who!). And anyway, my need to cuddle is different to **how it used to be** – but this is far too intimate to tell my teacher!
But I still think we should talk.

to come true wahr werden
spirit Geist
to smooch knutschen
how it used to be wie es früher war

Ich kann nicht weiterschreiben, weil mich die totale Unruhe erfasst hat: Ich muss etwas klären. Sofort. Ich will nicht nur träumen. Ich will handeln!
Ich bezahle meine Cola. Die SMS, die gerade ankommt, will ich gar nicht lesen. Will auch nicht wissen, wer sie geschickt hat. Ich zähle meine letzten Euros und mach mich auf den Weg. Ist mir schnurzpiepsegal, ob ich als Schulschwänzerin gesehen werde.
Ich halte Ausschau nach einem Blumenladen. Die eine Blume, die ich suche, darf nicht rot sein. Aber sie soll exotisch schön sein. Ich entscheide mich für eine Lilie mit dem Namen *Destiny*: Schicksalsblume.

to be asleep schlafen
courage Mut

Je näher ich dem Krebs-Haus komme, desto unruhiger werde ich:
Maybe he's **asleep** in bed and maybe he's really sick? Will he even hear the doorbell? Could she – or any she – be with him? I don't have the **courage** to tell him all the things I'm planning to do.
An der Haustür lass ich mich auf keine weiteren Gedanken ein. Es kommt mir auch niemand in die Quere. Nur seine Stimme über die Sprechanlage macht mir Herzklopfen:
"Who is there?"
"It's me!"
Ja, er macht mir auf! Er will mich sehen ... sozusagen zum Privatunterricht ... schließlich ist noch Schulzeit!
Und da steht er: Ziemlich blass und nicht gerade in Schul-Outfit: Ungekämmt im Morgenmantel, kopfschüttelnd und sprachlos.

"Hallo", sage ich und muss meine Schicksalsblume loswerden.
Er nimmt sie und muss sie selber auspacken.
"Gute Besserung!", sage ich und er spricht zum ersten Mal Deutsch mit mir:
"Danke!"
Er geht wortlos ins Wohnzimmer und macht mir Zeichen, ihm zu folgen. Wow. Mein Englischlehrer in lässigem Morgenmantel.
"Sorry!", sagt er mit einer Geste gen Couchtisch.
Da schaut es in der Tat chaotisch aus: Anscheinend hat er gerade eine Kiste Fotos ausgepackt. Kreuz und quer liegen klein- und großformatige Abzüge herum. Dazwischen Konfektschüsselchen und zwei nicht ganz geleerte Weingläser und zwei kleinere Gläser, aus denen man wohl Whisky trinkt … offenbar die Reste eines größeren Gelages.
Ich schaue mich um und rieche und werde urplötzlich von einer Depression befallen.
Peter scheint es zu bemerken. Er bewegt mehrmals seine Lippen, als wolle er etwas sagen – stattdessen spreche ich:
"I should leave …"
Er schüttelt den Kopf und gibt mir mit einer Kopfbewegung zu verstehen, dass er draußen etwas zu erledigen habe.
"I know … I **owe** you an explanation", sagt er nicht gerade deutlich verstehbar und ist verschwunden.
Mein Blick gleitet durchs Zimmer, über die Gläser, die Fotos … ich habe das Gefühl, jeden Moment tauche eine

to owe sb sth jdm etw schulden

dritte Person auf … nein … sie ist im Raum und ich sehe sie nicht! Drüben im Bad läuft Wasser und ich kann nicht anders, als die Fotos anzugucken. Es sind Fotos von ihm: Peter Hill als Kind, als Jugendlicher, als Baby … allein … mit Erwachsenen … mit anderen Jugendlichen …

Es erregt mich, die Fotos zu berühren, und es ist wie eine Zwangshandlung: Der Peter, der mich am intensivsten anguckt, der mit diesem magischen Blick, der mit dem süßen Lächeln ist ruckizucki verschwunden, dorthin, wo er sich am sichersten fühlen kann: in meinem Ausschnitt! Gerade noch rechtzeitig, bevor der leibhaftige Peter wieder auftaucht. Ein bisschen gekämmt. Ein bisschen angezogen (Schal um den Hals und irgendwas Hosenartiges unter dem Morgenmantel). Ein bisschen weniger verlegen:

“I wasn’t expecting you, Hannah. I thought you had class?”

“I thought so too.”

“Then we’ll just have to have a private class for you here.”

Er sagt diesen Satz mit einem verlegenen Lächeln. Er steht im Zimmer, als sei ihm seine Anwesenheit peinlich. Oder was da alles so rumsteht und -liegt. Oder noch viel mehr …

“I only came so I could leave again”, sage ich und ärgere mich über den blöden Satz.

“It’s okay”, sagt der, der mein Lehrer ist. “There’s something I need to tell you. I was planning to call you anyway.”

“No, no confessions please”, sagt es aus mir und ich

steh auf und mich zieht es zur Tür, ich brauche frische Luft, ich kann auch seinen Blick nicht mehr aushalten.
“Ich komm auch nicht mehr zur Nachhilfe”, muss ich auf Deutsch sagen und bin schon fast draußen.
“Maybe that’s better”, murmelt es hinter mir. “But we still need to talk.”
Ich will nicht. Ich kann nicht. Ich bin grußlos draußen. Und auch als ich auf der Straße stehe, weiß ich nicht so wirklich, was mich in die Flucht geschlagen hat.

Wohin?
Wer sagt mir, welchen Weg ich gehen soll?
Kurz bevor ich daheim bin, komme ich an dem Haus vorbei, in dem Constantin Maximilian wohnt. Sein Bike steht rotmetallic-glänzend neben der Haustür – mit einer Riesenkette gesichert. Ich kann nicht anders: Ich bleibe kurz stehen, trete einmal kräftig gegen das Rad und gehe weiter.
Das war’s!

Besuch

Ich habe Fieber.
Ich lieg in meinem Bett. Unter meinem Kopfkissen liegt ein inzwischen verkrunkeltes Foto: Ich wollte es haben, schon lange, aber nun ist sein Gesicht entstellt.
Von Jan sind mehrere SMS gekommen: Er will mich nicht sehen und geht deshalb nicht in die Schule. Nun hab ich ihm mitgeteilt, dass er problemlos wieder hingehen kann: Ich kann ihm dort nicht begegnen.
Mum macht sich Sorgen um mich – endlich! Sie versorgt mich mit allem, wovon sie meint, es könnte mich beglücken. Ich solle nur ja nicht in den Unterricht, bevor ich alles auskuriert habe!
Ich mach mir Sorgen um Mum – eigentlich nichts Neues. Aber nie zuvor war sie mir so fremd. Das mit den großen Pupillen hat sich nicht geändert. Auch ihr aufgedrehtes Gehabe – manchmal so filmtussihaft, wie ich es kenne, dann wieder so kindisch und unerwachsen, als würde sie eine neue Rolle einüben.
Ein paar Mal hat sie Anlauf genommen, um mit mir ins Gespräch zu kommen. Aber entweder piepst prompt genau dann ihr Handy. Oder sie macht mich verantwortlich: Ich würde sie in letzter Zeit so kritisch angucken. Außerdem mache ich einen so mitgenommenen Eindruck seit Kurzem …
Das Einzige, was wie früher funktioniert: Mum traktiert mich mit Wadenwickeln gegen das Fieber. Sie kocht mir Brühe zur Stärkung. Und es steht immer was zum Naschen am Bett.

Dann endlich kommt Daddy!
Er hat sich per Handy angekündigt – sein erster Besuch seit Urzeiten in unserer Wohnung. Mum ist da und ich hör die beiden im Flur Worte wechseln. Ich versteh zwar nichts Genaues, doch nach neu erwachter Liebe klingt das nicht. Mums Stimme ist mal wieder mindestens zwei Oktaven zu hoch und Dad scheint nur Fragen zu stellen.
Als er endlich bei mir erscheint, bin ich aufgeregt wie selten. Sofort bin ich angesteckt von seiner Art, die so anders ist als die von Mum. Es geschieht wie auf Tastendruck:
I'm thinking in English, I'm feeling in English, I'm speaking English. And I'm looking forward to speaking English. "But what's this?!"
I can't believe it! Dad has brought a flower for me. A lily. And not just any **lily**. No, it's almost exactly the same as the one I bought for my English teacher: DESTINY! Except the colour is a tiny **shade** different …
"Why do you look so **astonished**? I thought you liked flowers …"
I can't explain this to him now.
He gives me a big hug and it feels incredibly good. I could fall asleep in his arms and **drift off** to a different place – but where?
Dad doesn't move. He just lets me be the way I am (unlike Mum, who's always pestering me).
Then he tells me about his travels, about the interviews he has to **conduct**, about his **frustration** at not really

lily Lilie
shade Farbton
astonished verblüfft
to drift off abdriften
to conduct führen
frustration Frust

having a home anymore. "There's no-one waiting for me."
"I could come and live with you."
Dad looks astonished, and so probably do I. My words fill up the room, and it seems they also move into the next room because suddenly the door opens and Barbara is standing there:
"Braucht ihr irgendwas? Soll ich euch was zu essen bringen?"
We both shake our heads and Mum leaves again.
"She's in a different world", Dad says. "I've never seen her like this before."
I can only agree with him, but I want to change the subject. "Please tell me about your dreams, Daddy!"
Dad smiles. His eyes look **distant** and **lost in thought**: "What kind of dreams do you mean?"
"I don't mean the dreams you have at night. I mean your daydreams, your dreams for the future, what you wish for …"

distant entfernt
lost in thought in Gedanken versunken
to reach greifen
to conjure up hervorzaubern
well-worn abgegriffen
yellowed vergilbt
newspaper cutting Zeitungsausschnitt

Instead of answering, Dad **reaches** into his bag and **conjures up**, as if out of nowhere, a small, **well-worn** book with **yellowed** pages. It's full of photos and **newspaper cuttings**. "I wanted to give this to you."
I realize immediately that what I'm holding in my hands is something very special.
"My diary. From years ago … when I was about your age."
Dad looks at me and I can feel in my heart how much

he loves me. "There are also dreams in there. Funny that you ask me about it **today of all days**."

Es waren wunderbare Stunden mit Dad. Wir waren uns näher denn je und er hat mir geholfen – weniger mit Worten als ganz einfach mit seinem Dasein. Während wir alte Fotos angeschaut haben und in die Vergangenheit abgetaucht sind, ist mir etwas für die Zukunft klar geworden: Auch das lässt sich nicht in Worten ausdrücken – es sitzt aber ganz tief in mir als eine Art Gewissheit.

today of all days
ausgerechnet heute

Irgendwann bin ich eingeschlafen, bin in einen Fiebertraum versunken, an den ich mich nicht mal in Bruchstücken erinnern kann. Dad muss noch ganz lange bei mir gesessen haben. Ich habe nur ganz vage im Ohr, wie es nach Ewigkeiten draußen Zoff gab …

Wie lange dieses Fieber anhielt … keine Ahnung. Stunden werden im Traum zu Tagen. Tage werden zu Wochen.
Ich weiß nur, wie mich Mum weckt und neuerlich Besuch ankündigt. Ich will wissen, wer es ist. Die Antwort ist Achselzucken:
"Jemand aus deiner Schule …"
Ich erschrecke und mein Fieber steigt schlagartig um mindestens zwei Grad.
"Ich will niemanden sehen", rufe ich. "Niemanden!"
Verschiedene Wesen erscheinen schemenhaft vor meinen fiebrigen Augen und dann steht jemand im Türrahmen, mit dem ich nie und nimmer gerechnet habe: Janina, die Schwester von Jan!

Sie lächelt. Sie hat einen wunderschönen Dahlienstrauß in der Hand. Ihr Auftreten macht mich sprachlos.
“Sei nicht böse, wenn ich dich so überfalle!”, sagt sie mit lieber Stimme. “Wir haben uns Sorgen um dich gemacht.”
Mum verzieht sich und ich merke an ihrer Haltung, wie neugierig sie ist. Sie lehnt die Tür nur an, dann kommt sie wieder herein: “Könnt ihr euch vielleicht kurz ins Wohnzimmer verziehen? Ich will nur mal gründlich lüften und das Bett frisch beziehen.”
Janina und ich blicken uns kurz an und sind uns einig. Wir gehen hinaus und ich habe das Gefühl, Jans Schwester schon seit Ewigkeiten zu kennen. Ich hol ihr was zu trinken und wir setzen uns. Es ist eine Spannung im Raum, die ich mir nicht erklären will.
Janina fragt mich, wie's mir geht. Sie will alles ganz genau wissen und schlägt mir irgendwelche Wunderheilmittelchen vor. Und dann schaut sie mich mit ihren grünblauen Augen ganz lieb an und sagt: “Nicht dass du denkst, ich will mich in irgendwas einmischen. Aber du bist mir schon am ersten Schultag aufgefallen und erst ewig später hat Jan eine Bemerkung gemacht. Ich will dir nur sagen: Wenn er dich nicht ansieht, bedeutet es das Gegenteil von dem, was du vielleicht vermutest. Wenn du mit einem andern gehst, dann würde ich ihm das offen sagen. Dann weiß er Bescheid, das ist leichter für ihn.”
In dem Moment kommt Barbara ins Wohnzimmer. Sie wedelt mit etwas, das ich nicht erkennen kann. Sie guckt mich konsterniert an und ihre Stimme ist völlig außer Kontrolle:

“Sag mal, wer liegt denn da unter deinem Kopfkissen?!”
Das Peter-Foto!
Ich hab nur einen Gedanken: Janina darf ihn auf keinen Fall erkennen! Ich will Barbara anschreien, weil ich zu Tode beleidigt bin: Schnüfflerin! Wiederholungstäterin!
Bevor ich flüchten kann, kommt mir Janina zuvor: “Hab schon kapiert. Wollte mich nicht in dein Leben einmischen. Ciao!”
Schon ist sie draußen und ich finde immer noch keine Worte. Auch Barbara steht da und ringt offensichtlich nach Fassung. Ich flüchte ins Bad und schließe hinter mir ab. Mein Fieber scheint wie verflogen. Aber mir ist schwindelig vor den Augen. Ich habe den Wunsch abzutauchen und lasse Badewasser einlaufen.

Geständnis

Als ich nach einem Dauerbad aus der Wanne steige, fühle ich mich wie neugeboren. Ich beobachte den Strudel, mit dem das Wasser durch den Ausfluss gurgelt … mit ihm fließt noch etwas anderes davon.
In der Diele liegt ein Zettel von Barbara (ich habe nicht einmal gehört, wie sie aus der Wohnung ist):

Bin ins B., um eine Freundin zu treffen. Kann später werden. Falls du Hunger hast: Im Kühlschrank ist reichlich zu essen. Gute Besserung! B.

Nein! Sie lügt! Sie nimmt mich nicht ernst! Sie mischt in meinem Leben mit!
Lieber Daddy, liebes Tagebuch oder wer es sonst noch wissen will: Ich werde jetzt sofort handeln. Es wird alles auffliegen!

Ich ziehe mich an. Es muss nicht viel sein, denn es ist wieder so ein Föhn-Tag, an dem man fast ohne alles rausgehen könnte. Ja, ich fühle mich nackt und bloß und schutzlos. Trotzdem muss ich raus und ich weiß auch wohin.
Wenn ich Pech habe, hat sie mich belogen und auf eine falsche Fährte gelockt. Falls nicht, werde ich sie gleich stellen … zur Rede nämlich!

Nein! Das kann nicht wahr sein! Ich traue meinen Augen nicht, aber es ist wahr: Hinter einem Fenster vom

B., vom BAAL, einer ihrer Lieblingskneipen, hockt sie. Natürlich nicht allein, sondern ins Gespräch vertieft: voll engagiert, mit Strahle-Gesicht, sich immer wieder weit vorbeugend. Sie redet.
Und ihr gegenüber sitzt – ER! Wie sie bestens gelaunt, mal schmunzelnd, mal grinsend, dann sich weit vorbeugend!
Ich steh da und fühl mich wie im Film. Es ist keine x-beliebige Szene. Es sind keine Nebendarsteller, die da ihre Verliebtheits-Show abziehen … nein, ich bin Zeuge:
Da sitzen Barbara Bloom, meine Mutter, und Peter Hill, mein Lehrer, und flirten, turteln und machen sich an, als gäbe es kein Publikum!

Ich halte das nicht aus. Ich renne davon.
Dann halte ich inne und denke, ich spinne. Ich geh zurück und will der Fata Morgana auf den Leib rücken: Das kann alles nicht wahr sein! Ich hab Sehstörungen! Ich bin so bezirzt von diesem tollen Englischlehrer, dass ich seine Geisterscheinung mit meiner Mutter einträchtig im Flirt gesehen habe.
Oder bin ich so besetzt von meiner Mutter, dass ich sie zu diesem Peter setze und ihn anhimmeln lasse?
Ja. Nein. Ja. Es ist so. Mehr noch: Ihre Gesichter nähern sich in Zeitlupe. Sie berühren sich. Sie verschwimmen vor meinen Augen und ich muss dieser Liebesszene zum zweiten Mal entfliehen …

Es ist wie ein Amoklauf. Ich weiß nicht wohin. Am liebsten würde ich zur Isar. Aber ich habe Angst, Conny

Maxi könnte mich irgendwo aufspüren, und er ist der Letzte, dem ich jetzt begegnen will.
Ich möchte zu Peters Wohnung, dort auf ihn warten und ihn zur Rede stellen: What do you think you're doing, hitting on my mother?!
Der Gedanke ist schwer zu ertragen, aber unausweichlich: Wer macht sich hier eigentlich an wen ran?
Natürlich, of course, I could call Daddy. Daddy, you told me this would happen!
Also ab nach Hause, der Wirklichkeit ins Auge blicken, auf Barbara warten, um zu erfahren, was da hinter meinem Rücken gespielt wird.
Die Blume von Janina (von Jan?) blickt mich an und lässt mich ruhiger werden. Sie macht mir aber auch ein schlechtes Gewissen: Bin ich blind?
Ich muss Jan eine SMS schreiben:

> Tut mir leid, Jan. Ich wollte dich nicht kränken. Können wir noch mal reden? Lieben Gruß von Hannah

Die Antwort kommt sofort und ich weiß nicht, wieso ich zu weinen beginne:

> Vergiss es! Der Zug ist abgefahren. Lieben Gruß von Jan

Ich sehe seine Augen vor mir. Er schaut schüchtern weg. Ich bitte ihn, mich anzugucken, aber er weigert sich. Wahrscheinlich hat er das Gedicht gelesen, das ich im Fieberwahn geschrieben habe:

Wer nicht lieb(t),
Fällt durchs Sieb.
Ist es Trieb?
Hab dich lieb, Peter.
Dich auch, Barbara-Herzensdieb!
Peter gehört mir
Und nicht dir.
Verstehst du mir??
Gleich hier
Werd ich zum Tier
Und fresse dir!!

Ich erschrecke über mich selber, über meine Fieberträume und meine Vorahnungen. Jetzt ist es ein Schüttelfrost, der mich ins Bett treibt. Glücklicherweise liegt da das Tagebuch, das mir Daddy geschenkt hat. Ich schlage es auf, irgendwo in der Mitte, und ich wundere mich über die Schrift: Sie ist so anders als die, die ich von seinen Postkarten kenne, die er mir manchmal schickt ... sehr kindlich, fast unbeholfen.
Ich beginne, mittendrin zu lesen. Es ist so aufregend, als beträte ich eine Geheimwelt. Ich weiß um die Erlaubnis, die ich bekommen habe – trotzdem fühle ich mich wie ein Eindringling.

in advance im Voraus
instead of anstatt
rush Eile

Sunday. The worst day of the week. I should actually be happy. No school. I've even finished my homework for Monday **in advance**, **instead of** the usual last-minute **rush**. But this Sunday mood is horrible and I just can't get rid of it. I could go out but the thought of all those

Sunday **walkers** makes me sick. I don't want to go for a walk. I want to do something interesting. Not in a false way, like all those people in their special 'Sunday adventure' or fancy sports outfits. I want to **live life to the full**, I want to **be true to myself**. Without **pretending**. I want to be different from the others. I want to be Bob. Not Robby. Not Robert. Not Bobby. Just Bob.

Ich muss aufhören zu lesen, weil mich Traurigkeit überkommt. Dieser sonntagsunglückliche Bob ist mein Vater. Und ich kenne diese Sonntagsgefühle genauso wie er. Am liebsten würde ich ihn gleich anrufen und trösten.
Aber erst muss ich weiterblättern:

walker Spaziergänger(in)
to live life to the full das Leben auskosten
to be true to os sich selbst treu sein
to pretend vortäuschen
harmless harmlos
to chat quatschen
to compete konkurrieren
to show off angeben
to go out with sb mit jdm gehen

I'm so shy, so damned shy! Why do I blush at even the most **harmless** things? Why does my heart beat furiously whenever I want to speak to her? Instead I look away and avoid all eye contact. So she'll definitely never find out what I feel for her, what I wish for. Other boys in my class seem to have no problem just **chatting** with girls. Always ready with a joke. Always **competing** with each other. But sometimes I don't feel like competing and **showing off**. I just want to be myself. I'd like to **go out with** her.

Ich halte wieder inne, weil mir das, was Dad beschreibt, sehr bekannt vorkommt.
Warum hat er mir nie von solchen Stimmungen bei sich

handwriting Handschrift
to bear (bore, borne) sth etw aushalten
scrawl Gekritzel
vivid intensiv
postman Postbote
to exhibit ausstellen
to exist existieren
to dress sich anziehen
celebrity Prominente(r)
impossible unmöglich

erzählt? Wer mag dieses Mädchen gewesen sein?
Barbara tauchte erst viel später auf. Die hat er am Strand angesprochen. Oder war Mum damals die Aktive? Ich könnte sie fragen, ich werde sie aber nicht fragen. Sie kann ab jetzt anmachen, wen sie mag – ich halte mich da raus!
Ich blättere weiter und wundere mich immer noch über diese kindliche Schrift von Daddy – dann trau ich meinen Augen nicht:

This **handwriting**! I can't **bear** to look at this childish handwriting anymore. I keep thinking, a person with such a childish **scrawl** must have a childish mind. I can't write her a letter in this handwriting. She'd never take me seriously.
Last night I had a really **vivid** dream.
The **postman** had just come and there was an invitation for an exhibition opening. My name was on the invitation in large gold letters. Was I just a guest or was it *my* exhibition? Were my pictures being **exhibited** there?
Of course I wanted to go. But then I had the old dilemma about which clothes to wear. In which clothes was I Bob? The Bob that I could feel inside me, but which didn't actually **exist** yet. I decided to **dress** in black – from head to toe in black.
There were an incredible number of people there. **Celebrities** and journalists and TV people. At first it was **impossible** to see the pictures with all the people. But

then a path opened for me through the crowd. Everyone stood back and let me through. Some of them were clapping. Everyone was staring at me and I surprised myself that I wasn't embarrassed, and I didn't blush. Then someone gave an opening **speech** and it actually was all about me:
"Ladies and Gentlemen, **observe** the power and **expressiveness** of this **aesthetic** handwriting! Simply words, nothing more or less than **handwritten** words. Over there you can see the artist's **major work**. Just four letters – expressed so **effectively** by the artist:
L O V E.
The word that is of greatest **importance** to all of us, that **unites** us all!"

I woke up and carried these **images**, these dream images, with me into the day, into school. When I get to school she's standing outside the door of our classroom. I could just speak to her. I'd just have to **return** her **gaze** … But all my **self-confidence**, all my **casualness** from the exhibition is gone. Damn!

Ich kann nicht weiterlesen. Ich klappe Dads Tagebuch zu. Wie schon so oft in letzter Zeit legen sich reale Bilder und Traumbilder übereinander. Ich fühle mich haltlos und würde mich liebend gern anlehnen und einfach wegsinken …

speech Rede
to observe betrachten
expressiveness Ausdruckskraft
aesthetic ästhetisch
handwritten handgeschrieben
major work Hauptwerk
effectively wirkungsvoll
importance Bedeutung
to unite vereinen
dream image Traumbild
to return erwidern
gaze Blick
self-confidence Selbstvertrauen
casualness Lässigkeit

Aus und vorbei

Spieglein, Spieglein auf dem Klo,
Wo ist meine Schönheit, wo?
Wenn ich dich so anschau
Und mich so seh:
O weh!

Nein, so hat das keinen Sinn. So kann das nicht weitergehen. Ich erstarre in Selbstzweifeln. Zwar ist das Fieber weg, doch steh ich immer noch unter Schock ... geschockt auch über meine eigene Naivität und Blödheit.

Glücklicherweise sind bald Herbstferien und ich muss die Schule noch nicht betreten. Die Vorstellung, dem und dem und dem zu begegnen, ist kaum zu ertragen. Ich muss weg, weit weg von hier. Ich brauche Abstand und endlich wieder einen klaren Kopf.

Seit Barbara das Foto gefunden hat, ist sie noch komplizierter drauf als zuvor. Sie meidet den engen Kontakt mit mir – wenn sie überhaupt mal zu Hause ist. Was das Essen und Alltagsdinge betrifft, ist sie fürsorglicher denn je. Sie will dauernd, dass ich zum Arzt gehe. Sie schreibt mir ohne jede Diskussion Entschuldigungen, was ich inzwischen allerdings mit anderen Augen sehe. Manchmal, vor allem wenn sie vorher was getrunken hat, macht sie den Eindruck, als stünde sie unter Druck, als würden jeden Moment wichtige Worte aus ihrem Mund sprudeln ...

Es ist überflüssig. Ich kann mir schon denken, was sie mir zu sagen hat.
Dann aber packt es mich. Es ist Abend. Ich sitze vor der Glotze und zappe durch die Programme. Da verabschiedet sich B. von mir und ich erkenne sogar im Halbdunkel des Wohnzimmers das Flunkern in ihren Augen:
"Ich hab noch eine wichtige Dreh-Besprechung. Weiß nicht, wie spät es wird. Geh einfach schlafen, ich schaue nach dir, wenn ich heimkomme."
Winkewinke und Abflug.

Lange halte ich es nicht aus. Ich ziehe mir irgendwelche Klamotten über, weil es draußen angefangen hat zu regnen.
Draußen nur kurze Peilung: Barbaras Auto ist weg, der Detektiv mit Bike nicht in Sicht. Ich schwinge mich auf mein Rad und kenne mein Ziel. Der Weg dorthin ist mir so vertraut, als wäre ich viele, viele Male dort gewesen. So falsch ist das gar nicht, denn in Gedanken, in den blumigsten, den bloomigsten Fantasien, war ich in der Tat sehr oft da.
Heute jedoch fährt Hannah Bloom ohne alle Wunschvorstellungen, heute fährt sie dorthin, um sich endgültig Gewissheit zu verschaffen. Natürlich ist sie aufgeregt. Doch merkwürdigerweise wünscht sie sich genau diese Bestätigung: Alles soll klar und endgültig sein!
Der Wunsch geht in Erfüllung, schon von Weitem: Wie erwartet steht das Auto vor seinem Haus. Nicht mal irgendwo in einer Seitenstraße versteckt. Nein, Barbara Bloom ist ganz hochinoffiziell bei Peter Hill.
Oben ist Schummerlicht, wahrscheinlich von Kerzen.

So ist es nun und ich nehme es, wie es ist. So langsam, wie ich kann, fahre ich nach Hause. Egal, wer mich sieht. Ich will diese Klärung tief in mich aufnehmen. Ich will diese Stimmung auch nicht zerstören, indem ich zum Handy greife ... obwohl es mich drängt, diesen oder jenen anzurufen.
Zu Hause ziehe ich mich aus. Ich laufe nackt durch die Wohnung. Ich lege Musik auf, die zu diesem bedeutenden Abend passt. Ich mache ein paar Tanzbewegungen, komme mir dabei aber plötzlich albern vor. Ich suche mir ein Nacht-Shirt, stelle mir Saft und Kekse ans Bett und lege das Tagebuch von Dad bereit: Ich werde darin lesen, bis Barbara heimkommt ... und sei es bis zum nächsten Morgen!
Wie schon öfter schlage ich das Tagebuch an irgendeiner Stelle auf und weiß, dass es für heute genau die richtige ist.

to get one's act together die Kurve kriegen
to put sth in order etw ordnen
to undermine untergraben
wonder Wunder
to manage zustande bringen

Why can't I **get** my **act together**? Why is it so difficult to **put** my thoughts **in order**?
It's always the same problem: I don't really know who I am. I look in the mirror and see this Bob and realize there's something missing. I have a feeling what it could be. But how can I just conjure up that hidden part of myself? Is there any way for me to quickly change into a version of myself that isn't so shy? That doesn't let the slightest comment by another person **undermine** his self-confidence.
It's no **wonder** that I can't **manage** a relationship. If I

don't know who I am, or can't be the person that I really am ... How then is SHE supposed to know who she's dealing with? That's exactly the problem: I see my **insecurity reflected** in her. She sees my insecurity and becomes **insecure** herself. And her insecurity then makes me even more insecure ... it's hopeless!

insecurity Unsicherheit
to reflect widerspiegeln
insecure unsicher

Ja, so kann man's vergessen. Irgendwann schlafe ich ein.

Sie kommt. Ja, sie kommt ... aber erst in der Morgendämmerung. Bei mir brennt noch eine Kerze und sie öffnet tatsächlich die Tür, um nach ihrer Tochter zu gucken: Obwohl es so schummrig ist, sehe ich Barbaras Augenringe, ihr verwuseltes Haar und etwas, das mir schon länger an ihr aufgefallen ist: Sie sieht wie ein Mädchen aus, sie wirkt ungeheuer jugendlich ... und ich muss zugeben: Es steht ihr gut!
Wahrscheinlich merkt sie, dass es nun kein Entkommen mehr gibt. Ich sage kein Wort und überlasse ihr die Initiative. Damit bin ich in der stärkeren Position. Sie scheint unentschlossen, sie verschwindet nochmals, ich höre im Klo das Wasser rauschen, dann kommt sie zurück und hält sich an einem Weinglas fest.
"Ich würde dir ja gern auch was anbieten", gibt sie sich ganz unpädagogisch.
"Ich trinke nicht am Morgen", helfe ich ihr ins Zimmer.
Sie lächelt verlegen, und ob ich will oder nicht, ich muss es auch.

Es scheint ihr wirklich zu helfen, denn sie kommt an mein Bett und stellt eine Frage, die so aus ihrem Munde noch nie gekommen ist: “Darf ich?”
Ich zucke nur mit der Schulter und sie setzt sich.
“Also ...” Mehr will ihr nicht über die Lippen.
Ich schweige. Ich habe Zeit.
“Also ... das ist mehr als kompliziert”, sucht sie sichtlich nach Worten. “Es ist auch irgendwie paradox ... und eigentlich auch ein bisschen peinlich ...”
“Mir nicht”, muss ich sagen und ich genieße meine Selbstsicherheit.
“Ich hab dich gestern Abend belogen”, nimmt meine Mutter einen neuen Anlauf und braucht schon wieder einen Schluck.
“Das weiß ich alles. Ich weiß sowieso alles.”
Mum schüttelt entschieden den Kopf: “Das kannst du gar nicht alles wissen. Und im Grunde solltest du auch nichts wissen. Und wenn du es weißt, dann musst du eigentlich so tun, als wüsstest du nichts.”
“Ganz schön kompliziert, dein Leben”, provoziere ich sie.
“Stimmt”, sagt Mum fast tonlos. “Nun aber ist es so und es gibt auch kein Entrinnen. Mich hat es voll erwischt!”
Langsam, aber deutlich merke ich, wie mir das Ganze auf den Geist geht: Ist es der Alkohol oder die Übermüdung oder die Verliebtheit oder dieser blöde Peter Hill? Barbara bekommt mehr und mehr etwas Selbstmitleidiges und Rührseliges und das kann ich nicht ausstehen.
“Du guckst so kritisch ...”, mustert sie mich. “Wohl besser, wenn ich dich nicht damit belaste.”

Sie will aufstehen, aber ich halte sie fest: “Du bleibst und hörst dir jetzt an, was ich dir zu sagen habe!”
Barbara ist sichtlich verblüfft. Sie guckt mir tief in die Augen und versucht, meinem Blick standzuhalten. “Wieso du mir?”
“Ich liebe Peter Hill!”
Es ist wie ein Schlag mit dem Baseball-Schläger. Mum ist wie betäubt und sie braucht eine ganze Zeit, bis sie sich erholt hat.
“Ich *habe* ihn geliebt”, beruhige ich sie. “Nun liebst du ihn. Wird Zeit, dass du damit rausrückst.”
Mums Betäubung hält an. Ich mache mir inzwischen Sorgen, ob sie sich bald davon erholt.
“Ich kann’s in Worten nicht ausdrücken”, meint sie schließlich.
“Dann lass es!”
Mir ist nicht mehr nach Austausch. Ich will möglichst schnell allein sein. Meine Mum kann mir nicht mehr helfen, mit dem Leben klarzukommen.
Sie merkt, wie ich auf Distanz gehe. Sie sieht mich durchdringend an, so als suche sie etwas, das in mir verborgen ist: “Willst du mir etwas erzählen?”
Ich schüttle den Kopf und mit einem Mal wird mir wieder leichter: “Ich hab alles gesagt. Aber es ist vorbei. Ich hab’s hinter mir. Du kannst ihn haben.”
Am liebsten würde ich anfügen: Tochter tritt Geliebten an Mutter ab. Viel Glück mit ihm!
Barbara bekommt plötzlich wieder ihren besorgten Mama-Blick: “Aber er ist doch viel zu alt für dich!”
“Und du?”
“Das kann man doch wohl nicht vergleichen, oder?”

Nun reicht es. Mir ist nicht mehr nach Wortspielen. Mum hat eindeutig nicht begriffen, was sich bei mir abgespielt hat. Und ich weiß: Sie wird es nie, nie kapieren! Sie ist über beide Ohren und bis in die Zehenspitzen verliebt und ich hab keine Lust, mir auszumalen, was sie mit meinem Englischlehrer alles erlebt.
"Ich hau ab", sag ich kurz und knapp.
"Wie, was, wohin?" Mum ist deutlich getroffen.
"Das sag ich dir morgen."
Ich drehe mich um, kuschle mich tiefer in die Decke und wie auf Regieanweisung beginnt die Kerze zu flackern.
"Dann schlaf gut", sagt Mum und ich höre, wie sie mein Zimmer verlässt.
Ich kann nichts erwidern.

AN ENGLISH DREAM

Now I really am at Peter's flat. He's giving me a special lesson because I've missed so much school.
He wants to talk to me about love, about the different types of love. He tells me with a serious look on his face how he **blames himself** because my schoolwork has deteriorated so much. He spoke to the principal about me and together they developed a new **teaching method**. From now on our lessons should be more **practical**. He says that up to now we've focussed far too much on mental communication. But learning, he says, **involves** much more than the mind. All of the **senses** need to be involved.

to blame oneself sich Vorwürfe machen
teaching method Unterrichtsmethode
practical praktisch
to involve einbeziehen
sense Sinn
to pace up and down auf und ab gehen
grown-up erwachsen
casual leger
beachwear Strandkleidung
to result in ergeben
human being Mensch
courtship Liebeswerben

I try to follow what Peter Hill is telling me. He's obviously serious about this, he's **pacing up and down** in front of me, and I've never seen him looking so **grown-up**, although I now notice for the first time how lightly dressed he is: for our lesson he's wearing a very **casual** outfit … half **beachwear**, half pyjamas … anyway, rather sexy.
He begins by explaining that to understand the phenomenon of love, one must first understand differences in character. Because this **results in** major differences in the ways **human beings** conduct **courtship**. He says he would like to offer a practical example …

Peter looks at me **intensely** and I start to feel nervous. What **has** he **got up his sleeve**? Should I undress here? And am I wearing the right clothes for this lesson? Nobody told me that today's lesson would be a kind of **P.E. lesson**. Just this morning I stood in front of my wardrobe and decided that I urgently needed to buy new underwear ... but it's too late for that now.

"Some do it with lost earrings," my teacher continues the lesson. "Some use other **charms**."

I thought for a moment he was going to start talking me about Barbara! I imagine her standing in front of the big mirror in the hall in her sexy underwear. I imagine her walking into the room in her new-found **youthfulness** ...

Peter seems to read my thoughts because he grins and shakes his head. Then he turns towards the corridor and **calls**: "Time to make your appearance, Gundula."

I was astonished. This was even worse than an appearance by Barbara.

Gundula **prances** out of the bathroom. **High heels**, red **panties** and on top also something red that can hardly be described as a **bra**. She **brushes past** me with a look full of **contempt** and **wobbles** over to Peter Hill.

I turn away. I can't bear this **tasteless display**.

But my teacher **reminds** me to pay attention to the lesson.

intensely intensiv
to have got sth up one's sleeve etw in petto haben
P.E. lesson Sportunterricht
charm Reiz
youthfulness Jugendlichkeit
to call rufen
to prance tänzeln
high heels Stöckelschuhe
panties Slip
bra BH
to brush past sb jdn streifen
contempt Verachtung
to wobble wackeln
tasteless geschmacklos
display Zurschaustellung
to remind sb jdn ermahnen

"You've missed so many lessons recently, Hannah!"
I **submit to** the Gundula striptease show.
"This, however, is just one of many aspects of love", continues Mr Hill. "Certain other aspects are far more **complicated**. We only have to think of the **conflict** between the generations. Parents and their children do**n't communicate** with each other **nearly enough**. But what this means for teachers is that we need to develop a more active and closer relationship with parents. It is particularly important for me to find out from mothers how they **define** love, and how they practice love."
I know exactly what's coming next. My teacher notices my **nervousness** and makes a gesture to calm me:
"Before Hannah shows to us how she would like to express love, we'd like to ask her mother to present her views about love to us."
I jump up. I've had enough of this type of lesson. Although Mr Hill tries to stop me and Gundula also tries to hold me back with the words, "don't **be** such **a prude**", I manage to escape from the flat. I can hear Barbara calling after me … but she can't reach me anymore.
I want to get away. Away from my mother, away from my teacher. Away from everyone and everything.

to submit to sth etw über sich ergehen lassen
complicated kompliziert
conflict Konflikt
to communicate sich austauschen
not nearly enough bei Weitem nicht genug
to define definieren
nervousness Nervosität
to be a prude prüde sein

Es dauert ewig, bis ich diesen Traum einigermaßen abgeschüttelt habe. Ich kann kaum im Kopf sortieren, was ich in meinen Rucksack packen soll.

"Komm, wie du bist!", hat Tini gesagt. "Notfalls ziehst du was von mir an."
Wichtiger als Kleidung ist mir das Tagebuch von Daddy und natürlich mein eigenes. Es ist fast voll geschrieben und zur Sicherheit stecke ich ein leeres Buch dazu.
Nerv-Barbara hat plötzlich Zeit, mehrmals vom Set aus anzurufen. Eigentlich wollte sie mich sogar zum Bahnhof bringen. Nun will sie unbedingt wissen, welchen Zug ich nehme und wann er genau abfährt.

Als ich endlich am Bahnhof bin und am Automaten mein Ticket ausgedruckt habe, erfasst mich ein Wohlgefühl, das ich so noch nie empfunden habe. Zwar ist das nicht meine erste Solo-Fahrt – nie zuvor aber war ich mir so gewiss, dass etwas komplett Neues in meinem Leben beginnt. Nur was?
Zum Glück ist der Zug nur halb besetzt. Ich hab einen Platz im Großraumwagen reserviert. Aber auf dem Nachbarsitz hockt ein Typ, der mich gleich so charmant ansieht, dass ich die Flucht ergreife.
Im nächsten Wagen gibt es Einzelabteile und gleich das erste ist leer. Ein Glück! Ich ziehe die Tür hinter mir zu, fläze mich auf einen der Fensterplätze, lege die Füße hoch und atme einmal tief, tief durch.
Draußen entschwindet die Großstadt ... Ich lasse alle und alles hinter mir, ein neues Leben beginnt. Es geht ohne Umsteigen durch bis Wuppertal – dort will mich Tini am Bahnhof abholen.
Ich schließe die Augen und möchte am liebsten erst mal nur nach innen schauen. Ich bin von einer Wohlstimmung erfasst, die ich genießen will.

Leider kommt erst die Fahrkartenkontrolle und der Schaffner ist mir eindeutig zu freundlich. Dann kommt das, was ich befürchtet habe: ein Anruf von Barbara. Ob alles geklappt hat? Ob nette Leute bei mir sitzen? Ob, ob, ob … Sie ist mal wieder aufgekratzt wie ein Teenie und zugleich klingt ihre Stimme so, als habe sie ein schlechtes Gewissen. Mir egal, ich will nur meine Ruhe. Irgendwann greife ich zu Dads Tagebuch:

Why has no-one ever told me how to **approach** a girl? When I look at the way the other boys do it, I know that that is just not my style: totally **wound-up** and **goofy** or simply rude. Most girls **giggle** and pretend they're **amused**, though they're not the ones I'm interested in.
Why can't I ask my father how he managed it? First of all, I haven't got the courage. Secondly, he always avoids subjects like that – he can't even manage a normal **talk about the facts of life** …

to approach sb sich jdm nähern
wound-up überdreht
goofy albern
to giggle kichern
amused amüsiert
talk about the facts of life Aufklärungsgespräch

Ich muss das Lesen unterbrechen, weil ich mich beobachtet fühle. Mit einem Auge bekomme ich gerade noch mit, wie jemand im Gang verschwindet. Sofort kommt mir dieser lästige Maxi in den Kopf … ich muss mich kurz schütteln.
Ich versuche, mich wieder auf Daddy zu konzentrieren, der mir so nah ist wie nie. Ich weiß: Das ist erst der Anfang. Wir haben soeben erst begonnen, uns neu kennenzulernen, viel tiefer und bewusster als bisher.

Ich schaue nach draußen und genieße die Herbststimmung. Die Natur fliegt vorbei, ich mag diese Farbtöne. Gern würde ich mich voll auf dieses Farbenspiel konzentrieren, doch im Fensterglas spiegelt sich eine andere Bewegung: Es sieht so aus, als tauche ständig jemand draußen im Gang vor der Abteiltür auf, um dann wieder für einige Zeit zu verschwinden.
Ich fühle mich belästigt und drehe mich um – wieder im falschen Moment. Da entdecke ich, dass es Vorhänge zum Gang gibt. Drei Schritte, ein Griff nach links, einer nach rechts und Hannah ist geschützt!
Trotzdem ist es vorbei mit der Ruhe. Ich überlege, ob ich Musik hören soll. Ich könnte auch im Tagebuch weiterlesen …
Da ist es wieder. Ich werde beobachtet! Aus dem Augenwinkel erkenne ich genau, wie jemand hinter dem Vorhang steht und durch einen schmalen Spalt linst!
Was tun? Einfach übersehen und hoffen …
Obwohl mir mulmig zumute ist, entscheide ich mich fürs Handeln: Ich stehe auf, gehe direkt auf die Tür zu, ziehe einen Vorhang beiseite. Niemand. Ich öffne die Schiebetür, trete in den Gang, sehe nach links, nach rechts. Zwar sind inzwischen mehr Leute drüben im Großraumwagen – doch wer von denen sollte Vergnügen daran haben, meine Ruhe zu stören?
Ich will schon wieder zurück ins Abteil, da sehe ich ganz am Ende des Wagens eine Figur, die mich an jemanden erinnert. Nicht gerade unaufregend … doch leider absurd. Soll ich ins Bistro gehen und da was trinken? Aber dann ist nachher vielleicht mein schönes einsames Abteil besetzt.

Also entscheide ich mich, hier zu bleiben, wie vorhin, mit Vorhangschutz.
Es kommt, wie ich befürchtet habe: Ich sitze ein paar Minuten, lins, lins ... ein Augenpaar ... nun näher und deutlicher ... grünblau ... nein!!
Dieses Mal verschwindet der Kopf nicht. Ich erkenne sogar ein Grinsen und bin kurz vor dem Kollaps. Die Tür wird aufgeschoben. Durch den fast geschlossenen Vorhang kommen erst ein blauer Rucksack, dann ein Rücken, dann schüchterne Worte: "Darf ich eintreten?"
Ich schüttle den Kopf und meine "Ja!"
Meine Erregung ist immens. Zu fassen ist diese Begegnung nicht.
Jan nimmt Platz.
Wie auf Zuruf piepst mein Handy: Mum auf dem Display! Bevor die SMS-Nerverei losgehen kann, entscheide ich mich, das Gespräch anzunehmen.
"Na, immer noch allein?", fragt Mum bemüht harmlos.
Nun bleibt mir die Spucke weg. Mein Blick wandert zu Jan, der mich zum ersten Mal ausdauernd ansieht, fast traurig, aber sehr lieb und mit Riesenpupillen.
Ich will lügen, aber dann ahne ich: Die zwei stecken unter einer Decke!
"Alles okay, ich will meine Ruhe", sage ich und breche das Gespräch ab.
"Stör ich dich? Soll ich wieder gehen?"
Ich erwidere nichts. Die Fragen schwingen unbeantwortet im Raum. Unsere Blicke kommen nicht mehr voneinander los.
"Idiot!", sage ich nach ewigem Schweigen.
Keine Antwort.

So fährt uns der Zug gen Wuppertal. Viel zu schnell, wie ich finde.
Wir können beide nicht reden. Oder wir wollen nicht.
Ich will auch überhaupt nicht wissen, wie er mich gefunden hat, ob seine Schwester, meine Mutter oder sonst ein Schicksalsgeist seine Finger im Spiel hatte.
Ich will nur diese verrückte Situation genießen und traue mich kaum, auf die Uhr zu gucken.
"Wo fährst du hin?", muss ich schließlich doch fragen.
Jan zuckt mit den Schultern und ein kurzes Lächeln gleitet über sein Gesicht.
Ich Idiot!
Im Zeitraffertempo gehen mir Bilder, Begegnungen, Szenen der letzten Wochen durch den Kopf – zu viel, um darin eine Ordnung zu finden. Der einzige Fixpunkt ist der, der mir gegenübersitzt: Jan Jochen Jäger.
Und ausgerechnet jetzt soll ich Tini treffen, mit ihr die Ferien verbringen!
"Ganz ehrlich, sag mir bitte, wohin du fährst!", frage ich Jan.
Er hebt die Arme und macht eine Wenn-ich-wüsste-Geste. Ich glaube, ihn zu verstehen, und ich ahne, welcher Ärger mir bevorsteht.
"Wir sind gleich da", sage ich und habe dabei ein Gefühl, als hätten wir uns zu einem Komplott verabredet. "Meine Freundin holt mich ab."

Zehn Minuten später ist es so weit: Ich steige aus, in meinem Windschatten Jan. Ich finde es aufregend, einen Bahnhof zu betreten, den ich nicht kenne. Ich fühle mich wie gelandet in einem fremden Land, in dem ein

Abenteuer auf mich wartet. Was ich dabei mit meinem Begleiter tun soll, ist mir noch nicht so ganz klar. “Hast du ‘ne Unterkunft hier?”, frage ich Jan. Der antwortet mit der Geste, die ich schon kenne.

Dann steuert sie auf mich zu: Tini, meine einzige richtige Freundin. Sie strahlt, sie ist ein wenig verlegen und etwas verändert wirkt sie auch ... das bekomme ich aber so schnell nicht auf die Reihe.

Wir umarmen uns, Küsschen rechts, Küsschen links und in die Mitte. Und dabei merke ich, dass wirklich irgendwas anders ist ... jedenfalls bei mir. Ich weiß nicht, was es ist, aber ich bin anders geworden seit dem Sommer. Es ist plötzlich, als müsste ich mich abgrenzen gegen alles, was früher war. Ohne groß nachzudenken, verfalle ich ins Englische: “May I introduce someone to you?”

Tini guckt verwirrt. Sie scheint erst jetzt Jan zu bemerken, der in höflichem Abstand stehen geblieben ist – so schüchtern, wie ich ihn kenne.

“Ein Typ aus dem Zug?”, fragt Tini und guckt kritisch.

“You know him. I told you about him.”

Tini guckt etwas interessierter, irgendwas scheint sie aber auch zu stören.

out of the blue
aus heiterem Himmel

“He just turned up **out of the blue** on the train.”

Tini schüttelt entschieden den Kopf. Sie scheint mir nicht zu glauben. Sie nickt Jan zu, sagt kurz “Hi!” und geht los. “Kommt, wir müssen zur Schwebebahn!”

Ich folge ihr und mache Jan ein Zeichen, mir zu folgen.

“Don’t run so fast!”, versuche ich Kontakt mit Tini zu halten. “Tell me first how things are going! I’ve been really looking forward to seeing you.”

Tini guckt kaum. Sie eilt vor mir weg durch eine Passage, in der rechts und links lauter kleine Läden sind. Dann geht's eine Treppe hinauf und wir stehen hoch oben über dem Fluss, der Wupper, auf einer langen, überdachten Plattform, von der aus man in die Schwebebahn einsteigt: Tini ganz vorn, ich schräg hinter ihr und inzwischen schon etwas weiter entfernt Jan.
"Hab das Ticket für dich schon gelöst", sagt Tini, indem sie kurz die Situation checkt.
"Sorry, Tini", suche ich nach Klärung. "I genuinely only bumped into him on the train."
Tini sagt nichts. Die Schwebebahn, dieses seltsame Vehikel, fährt ein. Ich sehe mich nach Jan um, der von der Hängekonstruktion dieses Fahrzeugs, das einer auf den Kopf gestellten Straßenbahn ähnelt, fasziniert scheint. Er schaut und schaut und merkt fast nicht, dass Tini und ich eingestiegen sind. Erst im letzten Moment, bevor die Tür automatisch schließt, springt er rein. Und ich kann nicht anders, als ihn zu beobachten: Wie ein kleiner, aufgeregter Junge guckt er, wie die Bahn die Haltestelle verlässt, wie sie hoch über dem Fluss schwebt und quietschend in die erste Kurve geht.
Tini kriegt die Kurve nicht. Sie ist offenbar stocksauer.
"Sorry, Tini", versuche ich mit ihr ins Gespräch zu kommen. "I really didn't know that he was on the train. I also don't know what I should do now."
"Red doch mal Deutsch!", fährt sie mich an. "Oder bist du von deinem Lehrer infiziert?"
Das sitzt. Das war eindeutig auch in Richtung Jan gesagt. Das ist eine Tini, die ich nicht kenne.
"I'm half English, you know that", reagiere nun auch ich

genervt. “I speak English when I feel like it. Or is what I’m saying too complicated for you?”
“You’re too complicated for me!”, fährt sie mich plötzlich auch auf Englisch an.
Die Schwebebahn fährt in die nächste Haltestelle ein und Jan bekommt wieder Kulleraugen.
“Hey Tini, be **reasonable**“, versuche ich es mit Sanftmut. “Tell me where he can stay! Do you know any **youth hostels** here?”
“That’s your problem, Hannah! Have fun in Wuppertal, you two!”
Draußen ist meine Freundin. Im Eilschritt zur Treppe. Und bevor ich eine Entscheidung treffen kann, ist die Tür zu und die Bahn fährt los. Im selben Moment piepst mein Handy und ich kann nicht anders, als nachzusehen, wer mich anruft.
Ich muss auch Jan ansehen, dem diese Fahrt inzwischen etwas zu abenteuerlich zu werden scheint.
“Hi Dad!”, versuche ich mich erneut in Gelassenheit.
“I’ve something to tell you, Hannah! I might be moving to England, I have a chance of a permanent job as a journalist there, probably in London. Listen, this is our chance, because if things keep on going the way they are with Barbara she’ll be happy for you to live with me.”
“Dad … Daddy … Mister Bloom!”, versuche ich mehrmals, ihn zu unterbrechen.
Aber Dad redet fast ohne Punkt und Komma: “Wouldn’t it be nice to spend more time together, Hannah, sweetheart? And I’m sure it would do you good to change school, don’t you think? I feel like calling Barbara right away. Or is she there with you now?”

reasonable
vernünftig
youth hostel
Jugendherberge

"Dad, I'm not in Munich!", kann ich endlich einwerfen.
"What do you mean you're not in Munich?"
"I'm on the **suspension train** in Wuppertal."
"Are you **pulling** my **leg**?"
"No, Daddy", versuche ich zu einem Ende zu kommen.
"I'm telling the truth, but things have gotten really complicated. I've just lost my best friend."
"What do you mean, 'lost'? Have you gotten lost in Wuppertal, or what?"
"I'm in love."
Jan guckt mich an, als würde die Schwebebahn gleich abstürzen. Auch Dad hat's die Sprache verschlagen. Und ich würde am liebsten laut losjuchzen.
"Hannah, do you need help?"
"**I'm beyond helping**, but don't worry, I'll call you when everything is back to normal. Bye Daddy!"
"Bye, my dear!", kommt es reichlich verstört über den Äther.

> **suspension train** Schwebebahn
> **to pull sb's leg** jdn auf den Arm nehmen
> **I'm beyound helping.** Mir ist nicht mehr zu helfen.

Danach hab ich mein Handy abgeschaltet. Niemand soll mich mehr stören, Jan guckt verstört genug.
"Und nun?", frage ich ihn.
"Und nun?", fragt auch er.
Wir sehen uns an. Wir tun das, wozu wir bisher nie den Mut hatten. Wir sehen uns nur in die Augen … tief, tiefer, am tiefsten.
Keine Ahnung, wie oft die Schwebebahn inzwischen gehalten hat. Irgendwann heißt es: "Oberbarmen, Endstation, bitte alles aussteigen!"
Wir gehorchen. Wir betreten gemeinsam eine etwas

wackelige Plattform – unter uns der Fluss, die Wupper. Wir gehen zusammen die Treppen hinunter und stehen bei lauer Abendluft in einer Stadt, die uns völlig fremd ist. Rundum kein Baum, nur Verkehr und hektische Leute, die nach irgendeinem Sinn in ihrem Leben suchen, vielleicht auch nur nach einem Zuhause.
Es macht mir nichts aus. Ich fühle mich sicher. Ich habe Jan neben mir, der noch so jungenhaft aussieht und trotzdem ein irgendwie starker Typ ist.
“Wohin?”, fragt er mich und in seinen Augen entdecke ich zum ersten Mal etwas Schelmisches.
“Tini kann ich wohl vergessen”, sage ich und bin komplett ratlos.
Es dämmert inzwischen und im Grunde ist mir nur nach Ruhe, nach Fallenlassen zumute, danach, irgendwo unterzukriechen.
“Ich hab einen Schlafsack dabei”, sagt Jan. “Und zu trinken brauchen wir auch etwas.”

Mehr weiß ich nicht. Mehr will ich nicht aufschreiben, weil ich Angst habe, jemand könnte dieses Tagebuch lesen. Ich weiß nur, wie Jan nach meiner Hand gegriffen hat … nur nach meiner Hand.
Wir haben uns was Kaltes zu trinken und ein paar Snacks besorgt. Wir haben einen Bus gefunden, der uns an den Stadtrand gebracht hat. Wir sind zusammen in einen Park gegangen und haben uns den romantischsten und abgelegensten Platz gesucht, den es dort gab.
Jan und ich haben fast nichts gesprochen. Wir haben in den Sternenhimmel geguckt, und als es kühler wurde, war es das Mega-Wohlgefühl, nicht allein zu sein.

L.O.L. SURPRISE!™

Vive l'aventure !

hachette JEUNESSE

L.O.L. SURPRISE!™

Bienvenue dans le monde des L.O.L. SURPRISE !, un monde où le jeu et les B.B. ont la priorité ! Es-tu prête à découvrir ta nouvelle bande d'amies ?

Strut

Club Glam

Strut n'a qu'un mot à la bouche : liberté ! Elle adore sillonner les routes à bord de son glamper, son camping-car glamour.

Spice

Club Opposites

Spice est tout le temps stressée, mais derrière ses airs affolés se cache un cœur en or.

Court Champ

Club Athlétique

Court Champ est la plus énergique des B.B. Rien ne peut la mettre de mauvaise humeur.

Sk8er Grrrl

Club Athlétique

Passionnée de skateboard, la dynamique Sk8er Grrrl sait aussi se montrer douce et attentive envers ses amis.

Yin B.B.

Club Opposites

Yin B.B. est la plus zen des B.B. ! Grâce à ses techniques de respiration, elle sait faire face à toutes les situations.

Oops Baby

Club Pop

Il n'y a pas plus distraite qu'Oops Baby, mais cela ne l'empêche pas de toujours vouloir faire de son mieux.

Le dictionnaire contient des milliers et des milliers de mots. Pourtant, il y en a un que Strut, du club Glam, aime par-dessus tout : liberté. Elle pourrait l'écrire sur les murs, dans le ciel, sur son front, absolument partout ! Voilà pourquoi elle ne vit pas dans une maison, mais dans un glamper – entendez par là un camping-car glamour doté de nombreux équipements et d'une impressionnante garde-robe. Parce qu'on peut aimer à la fois l'aventure, le confort et la mode, eh oui !

Lorsqu'elle conduit son glamper, Strut se sent si bien ! Elle roule sans savoir où elle sera le lendemain. Elle adore découvrir de nouveaux endroits et faire des rencontres. Sa devise : chaque journée réserve son lot de surprises !

– La la laaa ! chantonne-t-elle derrière son volant. Il fait

beau, les petits oiseaux gazouillent, et moi, je suis trop contente ! Ça ne rime pas, mais tant piiis ! La la laaa !

Peu importe qu'elle ne chante pas très bien. Elle adore la musique ! Et puis, de toute façon, personne ne l'entend. C'est peut-être juste ça qui l'ennuie de temps en temps. Elle aimerait bien avoir un peu de compagnie... Ce serait si chouette de voyager avec une amie ! Mais bon, voilà la vie qu'elle a choisie. Et malgré les inconvénients, elle n'en changerait pour rien au monde, ah ça non ! Elle met sa radio à fond. Vive l'aventure !

– La la laaa ! fredonne-t-elle, avant de s'interrompre. Tiens, j'ai cru voir quelqu'un…

Elle s'arrête et jette un coup d'œil dans son rétroviseur. Mais oui, il y a bien cinq B.B. sur le bord de la route ! Ça alors, que font-elles au beau milieu de la campagne ? Et pourquoi cet air désespéré ? Strut entame une marche arrière pour revenir à leur hauteur.

– Coucou ! leur lance-t-elle. Est-ce que tout va bien ?

Mais elles ne semblent pas l'avoir remarquée.

– C'est l'horreur ! s'affole la B.B. habillée en diablotine. Une véritable catastrophe !

Une autre B.B., en tenue de tennis et les cheveux attachés en deux couettes qui ressemblent à de gros pompons, secoue la tête.

– Oh, arrête de tout dramatiser, Spice ! répond-elle. On est juste en panne, ce n'est quand même pas la fin du monde !

– Et tu penses à tous les gens qui nous attendent à Paris ? rétorque Spice. Notre défilé caritatif a lieu demain soir, je te rappelle ! Hein, tu réponds quoi à ça, Court Champ ? Hein ? Hein ? Hein ?

C'est là que la B.B. à la mèche blanche intervient :

– Rôôô, du calme, les filles. Faites comme moi, respirez à fond. On inspire, on expire. Zen.

– Zen ? répète la B.B. aux cheveux roux, d'un ton incrédule. Je ne sais vraiment pas comment tu arrives à rester zen, Yin B.B. !

– C'est juste une question de respiration, Sk8er Grrrl, lui explique Yin B.B. Allez, respire avec moi. Inspire, expire. Oui, c'est ça. Sens la nature autour de toi. Tu entends ce que te disent les arbres ?

La B.B. tend l'oreille.

– Euh, non, répond-elle.

Pendant ce temps, Spice fait les cent pas, son téléphone à la main.

– Dire qu'en plus, les vêtements qu'on devait porter ont disparu ! Un défilé sans tenues, ça, c'est la pire des catastrophes !

Un désastre absolu ! Je ne comprends vraiment pas comment ça a pu arriver, Oops Baby.

La dernière B.B. aux couettes blondes baisse la tête.

– J'étais certaine d'avoir chargé les valises dans le coffre, murmure-t-elle, honteuse. Mais je crois qu'en fait, je les ai laissées sur le trottoir… Et après, j'ai entendu le camion des éboueurs passer. Oups !

Strut les a écoutées, et elle n'a qu'une réponse. Un sourire aux lèvres, elle attire l'attention des B.B. et désigne l'amour de sa vie : son glamper…

Paris se situe à des kilomètres et des kilomètres de là où elles se trouvent. Mais ça ne dérange pas Strut, au contraire ! Elle est très fière et heureuse d'accueillir les cinq B.B. dans son petit royaume. Elle savait bien que cette journée serait pleine de surprises ! Un voyage à Paris, génial ! Avec des B.B. qu'elle ne connaît pas, encore plus génial ! Sa seule préoccupation : que ses invitées apprécient leur séjour à bord du glamper. En tout cas, Strut compte bien tout faire pour ça !

– Alors, c'est vrai ? lui demande Sk8er Grrrl pour la centième fois. Tu veux bien nous emmener à Paris pour notre défilé ?

– Puisque je vous le dis, répète Strut.

– Tu es si gentille ! lui dit Yin B.B. Ça se voit que tu es zen, toi. Je suis sûre que tu respires bien.

– Euh, je crois, répond la conductrice, avec une grande inspiration.

Court Champ pose une main sur son épaule.

– Tu nous sauves, en tout cas ! Merci, merci beaucoup. Tu es une vraie championne !

– Et pour les vêtements ? panique Spice. On fait comment ? Hein ? Hein ? Hein ?

– Oups ! se contente de dire Oops Baby.

Strut leur sourit.

– J'ai la solution, ne vous inquiétez pas. En route !

Les kilomètres défilent, et le soleil ne tarde pas à baisser dans le ciel. Au détour d'une jolie prairie, Strut trouve l'endroit parfait pour passer la nuit. Elle détache l'arrière de son glamper. Place à l'installation !

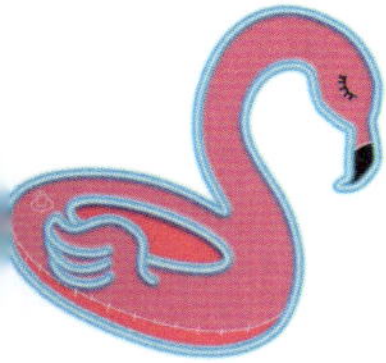

– Vraiment, il y a une piscine dans ton camping-car ? doute Spice, sourcils froncés. Tu ne nous racontes pas des histoires, là ? Hein ? Hein ? Hein ?

Avec un large sourire, Strut leur montre un à un tous ses équipements. Les B.B. n'en croient pas leurs yeux.

– Oh, waouh ! s'extasient-elles en chœur devant la piscine et la cuisine.

Puis « Oh, waouh ! » devant les chambres.

Et encore « Oh, waouh ! » quand elles découvrent la garde-robe.

Même Spice, la grande stressée, en reste bouche bée. Vite, elle jette son serre-tête cornu dans les airs et essaie une tenue à rayures noires et blanches.

– Dites, ça me va bien ? s'inquiète-t-elle. Hein ? Hein ?

– Super ! lui assurent ses copines.

De son côté, Sk8er Grrrl craque pour un ensemble très britannique. Elle a toujours rêvé de visiter Londres ! Elle connaît même quelques mots en anglais, si, si !

– *Hello !* s'exclame-t-elle.

En ce qui concerne Court Champ, ce sera du léopard à tout va.

– *Grrr !* fait-elle semblant de rugir.

Ça fait rire ses amies.

Yin B.B., elle, choisit une robe très chic et des lunettes de soleil, très chics aussi.

– Élégante et zen, commente-t-elle. Parfait pour bien respirer.

Il ne reste plus qu'Oops Baby. Parmi toutes les tenues, la B.B. tombe en extase devant une petite robe toute simple, pleine de fraîcheur. Mais que vont en penser les autres ?

– Je ne suis pas vraiment stylée, dit-elle, tête baissée.

– L'important, c'est que ça te plaise, lui répond Strut. Vous avez chacune votre personnalité. D'ailleurs, j'y pense, vous pourriez former un groupe de musique, non ?

Elle se verrait bien conduire les B.B. pendant leur tournée ! Mais comme celles-ci ne répondent pas, Strut ajoute, gênée :

– Euh, je disais ça comme ça… Qui a faim ?

Là, elle obtient l'approbation générale. Ouf !

Strut n'a qu'une envie : que le voyage des cinq B.B. soit parfait. Pour cela, elle dévoile une autre surprise bien cachée : son barbecue. Au menu : succulentes brochettes et maïs grillé. Pourvu que ses invitées se régalent !

Vu leurs visages réjouis, ça semble être le cas.

– C'est juste trop, trop bon ! commente Court Champ. *Grrr !*

– *So, so good,* traduit Sk8er Grrrl, qui se croit décidément en Angleterre. Qui veut une autre brochette ?

Et elle s'approche du barbecue pour aller en chercher une. Strut est heureuse de les voir

aussi à l'aise. Elle a tout fait pour que ses invitées se sentent comme chez elles à bord de son glamper adoré. Et ça semble fonctionner… enfin, sauf pour une B.B.

Spice se tourne vers Strut, l'air angoissé.

– Dis, tu crois qu'on arrivera à temps pour le défilé ? s'inquiète-t-elle. Hein ? Hein ? Hein ?

– Mais oui, lui répond la conductrice. Je te le promets. J'ai l'habitude de rouler, tu sais ! Je fais ça toute l'année. Voilà, tu es rassurée ?

– Un peu, admet Spice avec un tout, tout, tout petit sourire. Et le lit, comment est-il ? Je suis sûre que je ne vais jamais réussir à dormir ! Et si je ne dors pas, je serai trop fatiguée pour pouvoir défiler !

Yin B.B. la regarde avec perplexité.

– Pourquoi est-ce que tu es toujours aussi stressée, toi ? l'interroge-t-elle.

– Aucune idée, avoue Spice. Je crois que je suis née comme ça.

Strut aimerait que la B.B. réussisse à se détendre pendant son voyage. Et, pour ça, elle allume sa radio, et tout le monde se met à chanter et à danser !

Même Spice fredonne tout bas. Sans bouger, mais bon, c'est déjà ça !

Strut passe une super soirée. Le lendemain matin, elle se lève très tôt. Elle veut que tout soit prêt pour le réveil de ses invitées ! Elle prépare un somptueux petit déjeuner, avec des crêpes, des jus de fruits et tout ce qu'il faut, puis elle remplit la piscine. Tout ça sans faire de bruit ! Lorsque les B.B. se lèvent, Strut leur fait signe d'en bas.

– Coucou ! les salue-t-elle. Vous voulez vous baigner ?

– On arrive ! lui répond Court Champ. Juste le temps de descendre...

C’est là que Strut dévoile une nouvelle surprise : un toboggan qui descend vers la piscine !

– Oh, un toboggan ! se réjouit Yin B.B. C’est tellement zen !

Hop, elle glisse et plonge dans la piscine, suivie par ses amies, ravies. Pour couronner le tout, le soleil brille généreusement.

– Ah, j’ai l’impression d’être en vacances ! commente Court Champ.

– Moi aussi, confirme Sk8er Grrrl. Ce voyage est *so, so, so…*

Elle cherche le mot en anglais, sans le trouver.

– Génial ? propose Court Champ.

– Oui, c’est ça ! approuve Sk8er Grrrl. Et toi, tu en penses quoi, Oops Baby ?

Allongée sur un tapis flottant, celle-ci barbote, les yeux fermés.

– Houhou ! insiste Sk8er Grrrl. Oops Baby ! Tu es avec nous ?

– Oups ! s'exclame celle-ci, en sursautant. Pardon, je ne vous écoutais pas. J'étais en train de rêver…

Ses amies rigolent.

– Je crois qu'elle se sent en vacances, elle aussi, en conclut Court Champ.

Puis elle lève les yeux vers Spice, qui les regarde d'en haut.

– Tu viens ?

– Et le défilé ? réplique la B.B. Vous avez oublié ? Hein ? Hein ? Hein ?

– Zen, on a le temps, lui rétorque Yin B.B. Et puis regarde cette piscine. Ce serait dommage de ne pas en profiter, non ?

Spice grimace, comme si elle hésitait. Elle grimace encore, marmonne quelques mots incompréhensibles, pose son téléphone dans un coin… et se laisse glisser !

Dans sa cuisine, Strut sourit…

Après la baignade et le petit déjeuner, Strut ne tarde pas à reprendre la route. En chemin, elle met la musique et chante avec les autres B.B. Elle leur raconte ses voyages aussi, histoire de les faire rêver. Et elle leur demande comment elles se sont rencontrées. Mais une partie d'elle trouve que le temps passe trop vite. Dans quelques heures, elles atteindront Paris, et il faudra déjà se quitter…

Le midi, Strut décide de s'arrêter dans un pré pour pique-niquer. Au menu : grillades au barbecue, encore et toujours ! Heureusement, ses invitées ne

semblent pas s'en lasser. Oops Baby se fait même un plaisir de cuisiner.

– *So, so, so good !* se régale Sk8er Grrrl, la bouche pleine.

– Juste méga trop bon ! approuve Court Champ. Tu es une vraie cheffe, Oops Baby !

Le repas terminé, elles profitent à nouveau de la piscine, puis elles s'allongent dans l'herbe, pour se sécher. Les minutes filent…

– Ah, je pourrais rester ici toute ma vie, murmure Yin B.B.

– Moi aussi, répond Spice.

Pas de « Hein, hein, hein ? ».

Ni de visage stressé. Elle se contente de regarder le ciel, d'un air songeur. C'est la première fois que Strut la voit aussi détendue. Autour d'elles, tout est calme. Seul résonne le gazouillement des oiseaux.

– Vous entendez ce petit oiseau ? demande Oops Baby,

en tendant l'oreille. Il a un drôle de chant, vous ne trouvez pas ?

– Oui, c'est vrai, confirme Sk8er Grrrl. On dirait qu'il… vibre ?

Les cinq copines se redressent d'un bond. Ce n'est pas un oiseau, mais un téléphone qui sonne quelque part ! Oops Baby suit le son et découvre son portable oublié près du barbecue. Elle le saisit.

– Oups ! s'exclame-t-elle. Je crois que quelqu'un m'appelle, là.

– Ben, décroche ! lui dit Court Champ.

Oops Baby s'exécute avec un nouveau « Oups ! » et discute pendant quelques instants.

– C'était le gérant de la salle dans laquelle on doit défiler, explique-t-elle ensuite. Comme on ne répondait pas au téléphone ce matin, il a loué la salle à quelqu'un d'autre !

– Comment ça, on ne répondait pas au téléphone ? s'étonne Court Champ. Mais on aurait entendu s'il avait essayé de nous appeler ! Non ?

Une à une, les amies se rendent compte qu'elles ont laissé leurs appareils, dans un coin de la chambre, ou bien au bord de la piscine. Et elles se regardent, affolées. Elles se croyaient tellement en vacances qu'elles en ont oublié leur travail et la tournée ! Strut se sent un peu responsable – c'est sa faute si les B.B. se sont autant relaxées. Alors elle veut tout faire pour arranger les choses. Ça tombe bien, elle a une idée.

– Pas de panique, j'ai la solution, les rassure-t-elle. En route !

En fin d'après-midi, les B.B. arrivent à Paris. Mais pas le temps de s'extasier devant la beauté de la ville. Strut a du pain sur la planche ! Elle se gare dans un parc et installe son glamper, avec l'aide de Sk8er Grrrl, qui, comme ses amies, semble aimer de plus en plus la vie en camping-car.

– On ne va quand même pas défiler dans la piscine ? s'inquiète Spice. On serait toutes mouillées. Hein ? Hein ? Hein ?

Au lieu de répondre, Strut transforme sa piscine en piste de danse, avec une petite plateforme

tournante. Puis elle dévoile… sa console de D.J. !

– Oh, waouh ! s'extasient les autres en chœur.

Strut se sent plus fière que jamais : son glamper chéri est vraiment à la hauteur !

5

Place au défilé !

Strut n’a jamais été aussi heureuse de sa vie. Sa piste et sa console de D.J. vont enfin servir ! Tandis qu’elle s’installe derrière les platines, les spectateurs commencent à arriver. Elle place un premier disque, et c’est parti !

– Bonjour à vous, les amis, lance-t-elle au public. Pour débuter, voici Sk8er Grrrl dans une tenue *so British* ! C'est-à-dire « tellement britannique » !

La première B.B. récolte un tonnerre d'applaudissements.

– *Bye bye !* les salue-t-elle, avant de s'éclipser.

Spice est la deuxième à passer. Elle est un peu stressée, comme d'habitude, mais ça fait partie de sa personnalité.

– Alors, ça vous plaît ? demande-t-elle. Hein ? Hein ? Hein ?

– Oui ! Oui ! Oui ! s'enthousiasment les spectateurs.

Quand vient le tour d'Oops Baby, elle manque de trébucher. Puis elle salue le public alors qu'elle a le dos tourné. Mais ça amuse beaucoup les gens ! Et que dire de Yin B.B., à l'élégance incontestée ?

Pour finir, Court Champ arrive sur la piste.

– *Grrrr !* gronde-t-elle.

Le défilé remporte un franc succès, mais Strut a une dernière idée. Elle fait signe aux B.B. de revenir sur scène. Puis elle lance une de leurs musiques préférées. Comme elle l'espérait, les cinq amies se mettent à chanter et à danser, à la plus grande joie du public. Sk8er Grrrl et Yin B.B. fredonnent en duo, tandis que les autres les accompagnent. Court Champ pousse des « Grrr », Oops Baby des « Oups ». Même Spice se joint à elles, en lâchant des « Hein ? Hein ? Hein ? ».

C'est complètement improvisé, mais le public semble adorer puisqu'il se lève pour imiter leur chorégraphie !

La soirée file beaucoup trop vite au goût de Strut. Le concert terminé, elle replie la piste et range sa console de D.J. Le moment qu'elle redoutait est arrivé. Elle a l'habitude de voyager seule, mais, cette fois, elle s'est attachée à ses invitées. À Yin B.B., la plus zen des B.B., à l'énergique Court Champ, à la gentille Sk8er Grrrl, à Oops Baby la distraite, et même à Spice, la grande angoissée.

Elle les aime toutes.

– Bon, ben, j'ai été vraiment heureuse de vous aider, dit-elle d'une voix tremblante.

– Et nous, on est vraiment heureuses d'avoir fait ta

connaissance, lui répond Spice. Hein, les filles ? Hein ? Hein ?

– Carrément ! confirme Court Champ. Tu avais raison : on pourrait former un groupe de musique. En fait, on y a beaucoup réfléchi, et…

Soudain, Oops Baby pousse un cri.

– On veut que tu sois notre manager ! hurle-t-elle à pleins poumons, avant de sentir le regard des autres sur elle. Oups ! C'était une surprise, c'est ça ?

– Oui, mais ce n’est pas grave, la rassure Yin B.B. En fait, on ne savait pas trop comment te l’avouer, Strut. On s’est beaucoup attachées à toi et on adore la vie à bord du glamper.

– Mais, bien sûr, tu peux refuser, intervient Sk8er Grrrl. On comprendrait.

À cet instant, une vague de bonheur envahit Strut. Le dictionnaire contient des milliers et des milliers de mots. Mais maintenant, il y en a deux qu'elle aime par-dessus tout : liberté et… amitié.

Avec un immense sourire aux lèvres, elle ne trouve rien d'autre à dire que :

– En route !

Fin

Retrouve prochainement

L.O.L. SURPRISE!™

pour de nouvelles aventures !

Pour tout connaître sur ta série préférée,
va sur le site :
www.bibliotheque-rose.com

L.O.L. SURPRISE!™

As-tu lu les premiers tomes ?

Table

hachette s'engage pour l'environnement en réduisant l'empreinte carbone de ses livres. Celle de cet exemplaire est de :
200g éq. CO_2
Rendez-vous sur
www.hachette-durable.fr

PAPIER À BASE DE
FIBRES CERTIFIÉES

Photogravure Nord Compo - Villeneuve-d'Ascq
Imprimé en Roumanie par Rotolito Romania
Dépôt légal : mars 2021
Achevé d'imprimer : février 2021
17.2800.8/01 – ISBN 978-2-01-713114-4
Loi n° 49956 du 16 juillet 1949
sur les publications destinées à la jeunesse